寺地はるな

雫

NHK出版

目次

2025年4月

今日が、晴れでよかった。

この言葉を、人々は人生の折々で口にする。たとえば運動会の開会式で。皆さんの頑張りが空に届いたんだと思います。これは校長先生の定番の挨拶。あるいは結婚式。新婦の親戚だとか新郎の同級生だとか、なにを話してよいのかさっぱりわからない相手に対して、沈黙を埋めるためだけに天気の話題を口にする。まあいずれにせよ、楽しかったりめでたかったりする日は、気持ちよく晴れているにこしたことはないということだ。

晴れてありがたいのは、そんな日ばかりではない。雨のお葬式は参列者も遺族も難儀な思いをする。靴も喪服の裾も濡《ぬ》れて気持ち悪く、進行役は「空も泣いているようで」なんていう、詩的かつウェットなことを言い出す。ただでさえ悲しい故人とのお別れがますますこたえる。

悲しい日こそ、晴れていてほしい。だから今日も、晴れてよかった。そう思うと同時に、声に出して言ってしまっていた。長年のひとり暮らしは、わたしにひとりごとを言う癖をもたらした。約束の時刻五分前にやってきた、クワガタマークの引っ越しセンターの作業員ふたりはちょうど事務机を抱えて出ていったところで、彼らには聞かれずに済んだ。

「ほんまやねえ」

あるはずのない返事が背後で聞こえ、飛び上がりそうになる。振り返ると、開け放った入り口にマダムミヤコが立っていた。
マ、と言いかけて慌てて「都《みやこ》さん」と言い直したせいで、「まぁめぃやっこさん」と、ふざけているような発音になった。あやうく、自分が所属する会社の代表取締役社長の母親に、こっそり「マダムミヤコ」というあだ名をつけていることがばれるところだった。
もちろん、この「マダムミヤコ」という呼称に格別の悪意は込めていない。ただ、ほんとうですか？　ただの、ただの一グラムも悪意が含まれていませんか？　と問われたら、きっと黙り込んでしまう。悪意ぐらい持ってますよ人間だもんと、開き直る度胸もない。

「雨の日の引っ越しは大変ですから」

ビルの取り壊しが決まってからの二年のあいだに、他のテナントの引っ越しを何度も見てきた。いちばん大変そうだったのは四階の『かに印刷』の引っ越しだった。近年まれに見る強風の日だった。御年八十歳の可児《かに》社長は枯れ枝のごとく痩《や》せ細っており、風に吹き飛ばされてしまうのではないかと見ていてはらはらした。次点は二階のヘアサロン。高そうな機材の運搬をめぐって階段の踊り場で大声でどなりあっていた。あんたは粗雑だ。いやお前が神経質すぎるんだ。スタッフ同士の長年の鬱屈が一気に噴出したかのような、たんなる口論とは呼べない湿度と粘り気があり、他人事ながら胃が痛かった。

そんな大変な引っ越しを終えた彼らは、移転先で今も営業を続けている。でも、わたしたちの『ジュエリータカミネ』は違う。高峰《たかみね》ビルからの退去とともに、営業を終了する。わたしたちの、とあえて呼びたい。わたしは役員でもなんでもないただのいちスタッフだけれども、そう呼ぶ権利はあるはずだ。「わたしたちの」「ジュエリータカミネ」は、リフォームジュエリーのサロンだ。わたしは専属のジュエリーデザイナーとして、二十五歳から今日までの二十年間をここで過ごした。

持ち込まれた宝石や貴金属を新たなジュエリーとして生まれ変わらせるという、この仕事を愛していた。数十年前の婚約指輪、成人の日に祖母から譲り受けた石、母親の形見。お客さまたちの話に耳を傾けるのは、まちがいなく幸福な時間だった。完成したジュエリーを見て目を輝かせる人々を見ると、こちらまでうれしくなった。サロンの赤い絨毯《じゅうたん》と絢爛《けんらん》なシャンデリアを、「おゴージャス」と小馬鹿にしながらも大切にあつかっていた。ときどき調子が悪くなるコピー機や古いコーヒーメーカーに対しては、同僚のような親しみすら感じていた。

半年前に、社長の高峰が突然「『ジュエリータカミネ』を畳む」と言い出した。いや、突然というのは違うかもしれない。いつ頃からか、口を開けば「疲れた」としか言わなくなった高峰がそういう結論を出したとしても、すこしもふしぎではなかった。もちろんわたしは反対したし、一時期は感情的に責めたてたり、懐柔作戦に出たり、情に訴える行動をとったりもしたのだが、それでも高峰の決意は変わらなかった。

「よっちゃんは、あとで来るみたい」

スマートフォンを顔から遠ざけて眺める仕草がいかにも年寄りくさく、そうか都さんって若く見えるけど七十代なんだよな、と今更のように感心する。都さんのスマートフォンのケースには螺鈿《らでん》がちりばめられており、手首を傾けるたびに色彩が複雑に変化した。

「よっちゃん」とは、高峰のことだ。四十五歳の息子を幼児の頃と変わらぬ愛称で呼ぶ都さんは、「だいじょうぶやろか、だいじょうぶやね、うん、だいじょうぶ。よっちゃんは」と自己完結しながらスマートフォンをバッグにしまう。生活に追われることのない人の動作というものはたいてい、じれったくなるほどゆったりしている。薬指にはまった指輪のパライバトルマリンが窓からの光を反射し、わたしの網膜をじりりと焼いた。高価な宝石は武器にもなる。

「晴れてよかったわ、ほんまに」

ゆっくりと窓に近づいていく都さんのあとに続いた。窓ガラスにうつる自分のシルエットは以前よりひとまわり大きいとまでは言わないが、確実に以前より太い。美容体重よりもはるかに重く、標準体重はかろうじて超えていない。が、このままだといずれ超えるだろう。四十代に入ってから体重が落ちにくくなった。でも今後気にすべきは見た目より健康状態や、そういう歳なんや、などと自分に言い聞かせつつ、窓を開ける。春の風はやさしくない。肌をちりっとひっ掻《か》くように吹き抜ける。

先ほど机を運び出したふたりの作業員とは別の、同じつなぎを着た女性の作業員たちが、

2025年4月

ビルの前に停められた運送会社のトラックに会社の備品を手際よく積み込んでいく。彼女たちは並外れた力持ちなのだろうか、それともなにか、重いものを動かすコツがあるのだろうか。わたしにもできるだろうか、あの仕事。いや無理にきまっている。

失業することが決まってからというもの、街中で働く人々を見るたび「わたしにもできるだろうか」と考えるようになった。どの人のどんな仕事も、自分がやってきたそれより難しそうに見える。どの人も、みんな自分より強そうに、かしこそうに見える。

パソコンや商品の撮影用の機材は厳重に梱包されており、もうどれがなんだったのかすらわからない。積み込みの順番を待つ会社の立て看板がガードレールにぽつんと立てかけられており、妙にさびしげに見えた。

「今日で終わってしまうんやね。さびしいね、珠《たま》ちゃん」

都さんがぽつりと呟《つぶや》いた。わたしを「珠ちゃん」と呼ぶのは、今ではもうこの人だけだ。仕事関係の知人はみんなわたしを「永瀬《ながせ》さん」と名字で呼ぶ。友人たちは「永瀬」、姉からは「珠」と呼び捨てにされている。

かつては母も、わたしを「珠ちゃん」と呼んでいた。週に二度訪ねるが、今はもうわたしの名前どころかわたしという娘を産み育てたこと自体を忘れてしまっている。ポケットの中の名刺入れに十枚ほど残っている名刺には「株式会社高峰　ジュエリータカミネ　スタッフ　永瀬珠」と記されているが、明日からはなんでもないただの永瀬珠になる。

「そうですね」

たしかにさびしいが、無職になることへの不安のほうがはるかに勝る。

『ジュエリータカミネ』を畳んでも、母体の『株式会社高峰』は残る。そもそも高峰の会社は不動産部門がメインで、ジュエリー部門はおまけ的な存在だった。都さんが失うものは、わたしのそれよりもずっと少ない。わたしたちが同じさびしさを共有できるはずもなかった。

『株式会社高峰』は、もともと、高峰正吉《しょうきち》という男が戦後まもない頃にはじめた小さな店だった。屋号は『タカミネ宝石店』。高峰正吉は、もう「欲しがりません」の時代は終わった、なにか美しいものを商いたいと願った、らしい。わたしは会ったことはないが、都さんが言うには商才と人徳を兼ね備えた、眉のきりりとしたハンサムだという。ハンサム。古めかしくていい言葉だ。ハンサムな初代は結婚し、娘がひとり生まれた。それが今ここにいる都さんだ。

　数十年後、都さんは勝利《かっとし》という男を婿にとる。この高峰勝利が二代目の社長となった。これも都さんの言葉だが、「父に比べたらぼんやりした人やったけど、まあ時代にも恵まれて」商売は絶好調、一九七〇年代には『タカミネ宝石店』は法人成りし、『株式会社高峰』となる。

　今ではとうてい信じられないことだが、一九八〇年代の大阪には、いや日本には、月給の三倍の婚約指輪を購《あがな》う男や競い合うように高価な宝飾品を身につける女がたしかに存在したという。『ジュエリータカミネ』で儲けに儲けた二代目は、利益を元手に自社ビルを建てる。それがこの五階建ての高峰ビルだった。

一階に『ジュエリータカミネ』の店舗、二階に事務所。それより上の階はテナントフロアにして、その賃料でさらに儲けた。『株式会社高峰』は大阪市内・市外の土地や建物を着々と手に入れ、その後も着実な利益を生み出していく。

二代目と都さんは、一男二女に恵まれた。現在の社長である高峰能見《よしみ》は三代目だ。わたしは小学校、中学校で同級生だったので、昔のあだなが「シャチョー」だったことを知っている。この三代目の時代には、景気のよいエピソードがいまだ一切ない。宝石が次から次へと売れるような時代ではとうになくなっていた。父親の死によって二十代で会社を継いだ三代目は、小売店舗だった『ジュエリータカミネ』をリフォームに特化したサロンにした。他人には「そういうのもありなんちゃうかなと思って、ものは試しで」と、まるで思いつきではじめたことかのように言うが、ほんとうはちがう。

「永瀬にだけ話すけど」と高峰が語った理由を、これまで誰かに話したことはない。

もし誰かに「あなたにだけ」と打ち明けられたら、他の誰とも共有すべきではない。それがどんなに持ち重りのするものであったとしても。

高峰は明日からも、引き続き『株式会社高峰』を運営していく。「嫌じゃなければ、会社に残ってくれてもいい」と言われたが断った。二代目時代からの古株の社員がいる（しかもふたり）不動産部門にわたしの居場所があるとは思えなかったし、それに「わたしがしたいのはジュエリーに関わる仕事やし」と言うと、高峰は「そうか」と短く答え、それ以上はひきとめなかった。

「まあ、永瀬ならどこ行ってもだいじょうぶなんちゃう?」

支給された退職金は、勤続年数などから考えると相場よりもずっと多かった。もらいすぎやと思うわ、とうろたえるわたしを見て、高峰は「もうちょっと、自分に自信を持て」と真顔で言った。

高峰は六年前に体調を崩し、半年以上にわたって入退院と通院、リハビリの日々を過ごした。その頃から『ジュエリータカミネ』を畳むことについて考えており、ようやく決断したようだった。

決断した時点で、引き受けていた依頼がまだいくつか残っていた。それにジュエリーのリフォームは、できあがった商品を渡して終わりではない。その後も定期的なメンテナンスを要する。商売を辞めるからと言って諸々いいかげんに放り出すわけにはいかなかった。顧客を引き継いでくれる同業者を探したり、その他の残務処理をしたりなど、今日まで目のまわるほどに忙しかった。

都さんとわたしが窓辺で話しているあいだにも、作業員たちは備品を運び出し続け、ブロックパズルの熟達者のごとき鮮やかさですきまなくトラックに積み込んでいく。

わたしは目を上げ、周囲を見回す。この景色を覚えておこう、と思った。だって、今日で最後なんだから。

高峰ビルを取り囲むビルには「貴金属加工」「宝石卸売」というような看板が目立つ。

2025年4月

「わたし、この街にはじめて来た時、びっくりしたんです。宝石関係の会社とかお店が密集してるから」

都さんはやわらかく目を細めて、何百年も前からここはそうよ、とまるで見てきたかのように胸をはった。

「江戸時代には港から入ってきた珊瑚《さんご》やら真珠やらを簪《かんざし》にする職人さんらがこのあたりにかたまって住んでて……その名残《なごり》やね」

すみません、と背後から遠慮がちな声がかかった。青い制服の作業員が、荷物の積み込みがすべて終わったことを報告する。

二階の事務所や一階のサロンで使っていた備品はすべて、高峰家が所有する倉庫にいったんおさめられることになっている。不動産部門を管理している事務所で使えるものはそこで使い、それ以外は同業者に譲るか、処分するのだろう。作業員たちはすっかり空になった室内をぐるりと見まわし、帽子を脱いで一礼する。倉庫では不動産部門の社員が待機してくれているはずだった。この退去を見届けるのが、わたしの最後の仕事となる。

「あ、それ」

作業員がわたしのかたわらの段ボール箱を指さした。

「あ、いいんです、これは。わたしの私物なので」

おつかれさまでした、と深く頭を下げて、彼らを見送ってから、わたしは段ボール箱を開ける。まだ半分ほど残っている名刺がいちばん上に入っていた。

「株式会社高峰　ジュエリータカミネ　スタッフ　永瀬珠」。未練がましく、心の中で読み上げた。右上にはジュエリータカミネのロゴマークが箔《はく》押しされている。雫《しずく》型とTの文字を組み合わせたこのマークは、高峰が会社を継いだ頃から名刺や看板などに用いられるようになった。

雫型。ティアドロップとも呼ぶ。ジュエリーのモチーフとしては根強い人気がある。ジュエリーにはさまざまなモチーフが用いられる。そして、そのひとつひとつに意味がある。たとえば馬蹄《ばてい》のモチーフは幸運を呼び込むと言われているし、星は魔除けだ。蝶は美や変身の象徴で、鍵は繁栄。

雫型はもともと乾いた大地に降る雨を意味し、生きるエネルギーの象徴とされる。「悲しみの涙も人生を彩る輝きに変えていけるように」というメッセージを込めて、大切な人への贈り物として選ばれることも多い。

「古代、雨は神々が流す涙であると考えられていました。雨の雫はあつまって川となり、海へと流れ込み、やがて空にのぼっていく。その繰り返しが『永遠』を意味する、という説があります」

これは中学の頃、美術の先生が言っていたことだ。高峰はそれを覚えており（誰に教わったか、ということについては少々記憶ちがいをしていたようだが）、だからロゴマークに採用した。

段ボール箱の底にはデザインの下書きなどをするためのスケッチブックが十冊ほど入っ

2025年4月

ている。直近のものはすでに自宅に運び終えており、今ここにあるのは棚の奥から出てきたものばかりだ。いちばん古いものは表紙に「2005年」と書かれている。表紙をめくったら、なにか紙のようなものがはらりと落ちた。

「なあに、ハガキ?」

都さんがそれを拾い上げる。ファミリー中華レストラン『ヤンおばさんの店』のアンケートハガキいっぱいにパールのネックレスのデザイン画が描かれている。ハガキは二十年の時を経て、すっかり黄ばんでいた。なんでこんなもんまでとっといたんやろ、と自分に呆《あき》れながらも、やっぱり捨てられず、ふたたびスケッチブックに挟んだ。

「よう」

力のない声がして、そちらを振り返る。高峰はスローモーションのように緩慢な動作で入ってきて、壁にもたれかかった。

「ああ、疲れた」

数年前に酒は断ったと聞いているが、顔色は今も冴《さ》えない。肝臓の病は完治が難しいと聞くし、それはしかたがないことなのかもしれない。

わたしはふたたび、窓の外に視線を向けた。トラックが停まっているのと反対側の道にシルバーの車が停まっている。その車にもたれかかるようにして腕組みした高峰の妹が、つんと顎《あご》を上げて高峰ビルを見上げていた。

「妹さんに送ってもらったんや」

「うん、そう」

彼女は濃いサングラスをかけており、窓辺に立つわたしに気づいているのかは不明だった。あとで「あたし、永瀬さんに無視されたんですけどー？」などと文句を言われてはかなわないので、頭を下げておく。反応がなかったので、こちらを見ているわけではないらしい。べつにいいけど、ちょっと損したような気分になる。

高峰のふたりの妹はふたごでもないのにそっくりで、おまけに髪形や服のテイストをお互いに寄せ合う傾向があり、いつ会っても見分けがつかない。妹Ａも妹Ｂもすらりと背が高く、痩せている。そのまま三、四十代のまあまあお金持ち女性向けファッション雑誌（わたしが美容院で渡されるたびＳＦ小説を読むような気分でページをめくっている、あの雑誌）の一ページを飾れそうだ。ちなみに妹たちも都さん同様会社の役員で、実際の業務にはほとんど関わっていないが、会社から月々の報酬を得ている。

振り向くと、高峰が都さんになにか言っていた。声が小さくてよく聞きとれなかったが「そうね。家まで送ってもらうわ」という都さんの返答で、会話の内容は察しがついた。

「ほんなら、珠ちゃん。お元気でね」

都さんがわたしの手をぎゅっと握る。他人の身体に同意なく触れないことを信条としているわたしと違い、都さんはなんのためらいもなくわたしに触れる。けっして慣れることができず毎回ぎょっとするし、今もまた「お世話になりました」と言う声が滑稽《こっけい》なほど裏返った。しかし都さんは特に気にする様子もなく、部屋を出ていってしまう。

「お世話しました、ちゃう？　どっちか言うたら」

お嬢さんがそのまま歳を取ったような都さんは「人を使う」ことに慣れきっており、なおかつ会社の従業員と家政婦の区別がついていないので、よくクリーニング店などにお使いに行かされた。たしかに「お世話しました」のほうが正確だが、ですよね、などとは言わないでおく。

高峰はわたしの無言を否定と受け取ったのか、所在なさげに室内を見まわした。

「広いな、空っぽになると」

「うん」

入社当初から、高峰はわたしから敬語を使われるのを嫌った。「なんかさびしいやん」というのがその理由で、はじめてその理由を聞かされた時、少なからず驚いた。いやあんたどんだけさびしがり屋さんやねん、と。

ぺるりぺるりと間の抜けた音が鳴り、高峰がポケットをさぐる。スマートフォンを出すなり「お」と呟いた。

「今、階下に侑《たすく》が来てる」

「え、森《もり》くん？」

なんで？　と訊き返すと同時に、開け放ったドアから森くんが顔を覗《のぞ》かせた。

「あー、もう引っ越し終わってるやん」

森くんは丸い。けっして太っているという体型ではないのだが、顔に肉がつきやすいのか頬がぷくぷくしていて、かわいらしい感じがする。二十代のある時期に別人かと思うほどやつれてしまい、他人事ながらかなり気を揉《も》んだのだが、『かに印刷』に勤め出してからまた頬がぷくぷくに戻った。

高峰ビルのテナントのひとつだった『かに印刷』はおもに広告チラシなどをつくる会社で、『ジュエリータカミネ』でも名刺やオーダーシートを頼んでいた。森くんがわたしや高峰の同級生だからという理由ではなく、前社長の代から取引が続いている会社に森くんが入社したのだ。

森くんは「中学生の頃、高峰くんとそこまで仲が良かったわけではない」と言う。いっぽうの高峰は「侑とはずっとずっと仲の良い友だちで」と回想する。これはどちらかが嘘をついているという話ではなく、両者の認識にズレがある、というだけのことだと思う。よくあることだ。

「終わったよ、なにしに来たん」

わたしは昔から、森くんに対しては、つい口調がぞんざいになってしまう。ぞんざいにあつかいたくなるようななにかが森くんにはあるのだ。指でつんつんとほっぺたをつついて反応を見たくなるようななにか。愛嬌《あいきょう》、かわいげ、と言い換えてもいい。森くんの自認では、それは「つけ込まれやすさ」「なめられやすい」という弱点になる。

「なにって、差し入れやん。差し入れ持ってきたんや」

森くんが差し出したエコバッグにはコンビニのおにぎりやペットボトルの飲料が大量に

2025年4月

入っていた。

隣でエコバッグを覗き込んでいた高峰が「ありがたいけど、食べるとこがないなあ」と苦笑した。椅子も机もすでに運び出されている。立ったまま食べるのも気が進まない。

「ぼく、シート持ってるで」

森くんはスーツの上着のポケットから、小さくて丸いものをいそいそと取り出して広げた。ピクニックシートだという。床に広げ「頑張ったら三人ぐらい座れるし、どうぞどうぞ」と熱心にすすめる。いざ座ってみるとなるほど「頑張ったら」と言うだけのことはあり、全員の背中が触れ合うほど狭かった。

「なんでこんなん持ち歩いてんの」

「外回りの時、公園でお弁当食べる時とかに使ってる」

『かに印刷』の移転先は、ここから地下鉄で三駅ほどの街だ。周囲に飲食店が多くてうれしい、と喜んでいる。

「森くん、新しいとこ、もう慣れた？」

シートごしに触れる床はひどく冷たい。摩擦で熱を起こそうと、わたしは尻を左右に動かした。高峰が「おれのこと押し出そうとしてるやろ。やめてや」と迷惑そうな声を上げた。

「違うって。床が冷たいから」

必死に反論するわたしにかまわず、森くんは「慣れたよ。寝ぼけてる時とかたまに降りる駅まちがうけど」とお茶を飲みながらのんびり答えた。森くんに合う会社ちゃんとあったね、と言おうとしてやめた。ずっと昔に交わしたあの会話を、森くんに思い出させる必要はない。

「永瀬はひかえめそうな顔して、たまにずうずうしい時あるからな」

高峰は鼻を鳴らし、また森くんに向かって「可児さんは元気?」と訊ねる。

「社長は元気やで。年寄りやし、いつでも絶好調ってわけではないんやろうけど。あとさ、永瀬さんはやさしいよ。たしかにたまにずうずうしい時はあるけど」

狭いシートの上では、おにぎりの包装フィルムを剝《は》がしたり、ペットボトルの蓋を開けたりするだけでお互いの腕がぶつかる。

「自分以外の人が用意してくれた食べものって格別においしいよね」

既婚の友人たちは、毎日家族の好みや栄養のことを考えて料理してるうちに自分の食べたいものがよくわからなくなる、と言う。わたしは好きな時に好きなものを食べられる。それこそコンビニのおにぎりなんか、その気になれば毎日でも食べられる。米の炊きかたや海苔《のり》にこだわって、究極のおにぎりをつくることもできる。でも、それでも、今食べているこのおにぎりのおいしさにはかなわない気がした。

「あ、わかる」

背中合わせに座っていても、森くんが大きく頷《うなず》いたのがわかった。森くんのところは夫婦ふたり暮らしで、食事は一週間ごとの当番制になっているという。

「料理の腕前の差もあるけど、やっぱミコちゃんにつくってもらうごはんのほうがおいしいもん。弁当とかも自分でつくると中身知ってるから、蓋開ける楽しみは半減するしな。人につくってもらうと『今日のおかずなんやろ』って午前中ずっとわくわくできる」

「よかったね」

万感の意がこもった「よかったね」だった。すこし前まで、わたしは森くんが高峰のいるところで楽しそうに自分の妻の話をするのを見ては、森くんってけっこう無神経なところあるな、と思っていた。

高峰は七年ほど前に離婚し、ひとり娘とは離れて暮らしている。そんな高峰の前で能天気に自分の幸せについて語るのは、酷だ。無神経だ。わたしはそう考えて、森くんに「やめてあげて」と伝えたけど、「永瀬さん、言いたいことはわかるけど、それは正しいようでまちがった気遣いやで」と呆れた顔をされただけで終わった。

今ならわかる。たしかにわたしはまちがっていた。そんなのは気遣いとは呼べない。だからさっきの「よかったね」は、森くんが自分の幸福な家庭について話していることと、それを高峰が笑顔で聞いていること、森くんの話に現在のわたしの心が一切波立たないこと、そのすべてに対する所感だった。

「木下《きのした》さんも、ここにおったらよかったのにな」

突然、木下しずくの名が出たため、わたしはおにぎりを喉《のど》につまらせそうになった。背中合わせに座っていてよかった。高峰の顔を見ずに済む。

しずくについて、他人に説明するのは難しい。もちろん、関係性だけならすぐに説明できる。高峰ビルのテナントのひとつに、『コマ工房』という地金加工の工房があった。工房は四階にあり、『ジュエリータカミネ』の専属というわけではないけれども、仕事の八割は『ジュエリータカミネ』から受けていた。

もともと駒《こま》さんという地金職人の工房だったのだ。高齢であることを理由に引退したあとは、しずくが継いだ。しずくは中学卒業後に駒さんに弟子入りし、定時制高校に通いながら修業をして、二十六歳の時に独立した。独立したと言っても『コマ工房』に通う生活には変わりなかったけれども。

ジュエリーリフォームといっても依頼者の事情はさまざまだ。たいていは親や祖父母から譲り受けたがデザインが古いのでつくり直したいとか、婚約指輪を結婚何十周年の記念にふだん使いできるリングにつくりかえたいなどの場合が多い。わたしがデザインを起こし、そのデザインをもとに地金職人に加工を依頼する。石を留める職人もべつにいる。彼らは『ジュエリータカミネ』から雇われているわけではなく、独立した事業主として依頼を受けているのだ。

しずくは高峰の遠い親戚でもある。家庭の事情で中学三年生の時に高峰家に預けられたため、三年の一学期という微妙な時期にわたしたち三人が通っていた学校に転入してきた。

説明が難しいというのは、しずくに対するわたしの感情についてだ。憧れながら、ときどきは妬んでいる。呆れながら、気遣っている。いつも一緒にいたいとは思わないのに、会うと目が離せなくなる。

「しずくのことはもう、ほっとけ」

ため息とともにそう吐き出した高峰の真意は、わたしにはわからない。

二年前に、しずくが突然「今住んでいるアパートと工房を引き払って、離島に移住する」と宣言した。離島とは九州にある、星母島《ほしもじま》という小さな島のことで、しずくの恋人である女性が、そこで窯業を営んでいる。

そうなれば当然、『ジュエリータカミネ』からの仕事を今までどおり引き受けることはできなくなる。高峰はしずくの選択を『ジュエリータカミネ』への、いや自分への決別宣言ととらえたようだった。

おれには責任がある。

しずくについて語る時、高峰はかならず「責任」という言葉を用いる。しずくが駒さんに弟子入りしたのは、もとはと言えば高峰家に預けられたことがきっかけだった。その事実を高峰は自身の「責任」の根拠としている。高峰はおそらく、わたしよりもずっと「家」という単位でものごとを考える機会が多いのだろう。性別や性格のちがいではなく、背負っている「家」のちがいだ。

つまり高峰は、「家」の長であった父親から会社やその他の財産とともに、しずくの面倒を見る義務も相続した、と考えているのだった。そして高峰には「それをしずくが望んでいるかどうか」という観点がない。

「職人としての腕はともかく、コミュニケーション能力が皆無」というのが高峰による、しずくという人間への評価だ。以前から何度となく、『ジュエリータカミネ』からの依頼がなければとうてい食べてはいけないだろう、と心配していた。離島なんかに行ってやっていけんのか、やめておけ、だいたいその女の人とも今はうまくいっとるか知らんけど恋愛っていうのはいつか冷めたり終わったりするんやぞ、別れたらお前どうすんねん、などと過干渉の親のようにしずくを問い詰めた。

見かねたわたしが「あの子が選んだ道やんか、好きにさせてあげて」と口を挟むと、「お前はそれでもあいつの友だちか、薄情者が」と今度はこちらに矛先が向いた。

高峰の説得は一年以上に及んだ。しずくは応じず、着々と移住の準備を進めていたようだった。移住を決めてからのしずくは、これまでとは確実にどこかちがっていた。不安そうに目を伏せることが少なくなった。自分から挨拶をするようになった。そしてなにより、笑う回数が増えた。

それに比例して、高峰は次第に無口になっていった。ようやく納得したかと安心した矢先の、『ジュエリータカミネ』閉業宣言だった。

しずくの存在は、高峰と仕事をつないでいた最後の細い糸だったのかもしれない。二十年前には、もっと太く頑丈な糸があった。希望、野望、やりがい、夢、責任感、なんと呼んでもかまわない。でもその糸は一本ずつ、長い時間をかけてほどけた。あるいは断ち切られた。そのことにもっと早く気づいていたらなにかできただろうか、なんてことを、高峰の糸になりえなかったわたしが考えても、もうどうにもならない。

「ところで高峰くんは、明日からどうすんの」

森くんが唐突に話題を変えた。

「どうって、会社、不動産のほうは今までどおりやし。けどそんなにやることもないから週に三回ぐらい顔出して……まあ、しばらくはゆっくりするかな」

「退屈せえへん？」

「ええねん、退屈でも。おれ、人生におもしろさ求めてないから」

高峰はおにぎりの包装フィルムを丸め、はじめて気づいたように「あ、そうか。ゴミ袋もないんか」と声を上げた。森くんが「ここに入れて。どっかで捨てとく」とエコバッグを広げる。

「おもしろさ求めてないわりに、高峰くんの人生って山あり谷ありやな」

またこの人はそんなこと言って。わたしはちょっと焦ったが、高峰は「まあ、なあ」と目尻を下げて力なく笑っただけだった。

「もう余生やと思ってるし、おれ」

四十五歳で余生なんて。そう思いながらも、うまく言葉が出てこない。

「余生って、ＣＤで言うところのボーナストラック的な？　本で言うところのエピローグ的な？」

いつのまにか立ち上がっていた森くんは窓を背にしてこちらを見下ろしており、逆光でその表情はわからない。「ひつまぶしで言うところの」と続けようとしたので、急いで「もうええって、森くん」とさえぎった。ひつまぶしで言うところのなんなのかちょっとだけ気になったけどキリがないし、三杯目を食べ終えたはずなのにまだ残ってるごはん、とかその程度の、ひねりのないたとえ話にちがいないから。

まだ『かに印刷』が高峰ビルに入っていた頃、森くんはいつも階段を使っていた。高峰ビルのエレベーターの動きはのろい。上下する時に、なんとも表現しがたい異様な音がする。そのくせ扉の開閉だけはやけにせっかちで、ここで働いているあいだに何度も挟まれそうになっている人を見かけた。『かに印刷』は四階にあった。森くんはエレベーターに乗らない理由について「階段であがったほうが速いから」と説明してくれた。「ダイエットのためです」と言う時もあった。「そのおかげでほら、ぼくってガリガリでしょ」と丸いほっぺたを指して笑いをとる時もあった。

昔、「永瀬さんにだけ言うわ」と話してくれたことがある。

「乗りたくない、って言うてるけど、ほんまは乗られへんねん」

森くんは、『かに印刷』で働きはじめる前にエルなんとかという会社に勤めていた。電気給湯器をあつかう会社で、営業の仕事をしていたと聞いている。上司と一緒に外出する機会が多くて、歩きながらよく説教をされた。森くんは「パワハラというのとはちょっとちがう」と常々言う。今でも言う。わたしはそれを黙って聞く。いったい誰を、なんのためにかばっているのかと歯痒《はがゆ》く思いながら。

説教の内容は取引先で説明する時に声がすごく小さかったとか、説明が下手でわかりにくかったとか、自分でももっともだと思うようなことばかりだったから、というのが「ちがう」という主張の根拠のようだけれども、どこからどう聞いてもふつうにパワハラ案件だった。

上司の話は論理的だったし、口調も冷静そのものだった。暴力を受けたこともなかった。でも衆人環視の中で説教されるのは、やはりつらかった。自分がぎゅうぎゅう絞られるぞうきんになったような気がした。歩きながら説教をする上司は、他の人が乗り合わせたエレベーターの中でも平気で話を続けた。声をひそめることはせず、むしろ大きくなった。おれはなにもまちがったことは言っていませんよね皆さん、と言わんばかりに。

そのせいでエレベーターに乗れないほどに深い心の傷を負ったなどとは言うつもりはないが、いまだに夢を見る、と森くんは言う。上昇しているのか下降しているのかもわからない狭い箱の中で、額に汗を掻きながら必死に相槌《あいづち》を打っている夢だ。

おにぎりを食べたあと、森くんが「最後に、屋上を見ておこうかな」と言い出した。ここで働いていた頃の森くんはよく屋上で休憩していたから、なつかしくなったのだろう。じゃあわたしも、と腰を上げる。高峰は電話で不動産部となにか打ち合わせをしている最中で「屋上に行ってくる」と書いたメモを見せるとペンを奪い取り、その下に「飛び降りたらあかんで」と笑えないことを書き殴って返してきた。もしかして自虐的なボケだったたのだろうか。

階段をのぼりながらスマートフォンを見ていた森くんが「ミコちゃんからや」とうれしそうに呟く。覗くつもりはなかったが、ハートマークを紙吹雪みたいにまきちらすパンダのスタンプを送り合っている画面がばっちり見えてしまった。

三階と四階のあいだの踊り場の壁にヒビが入っていた。天井はところどころ雨漏りしたせいで黒ずみ、いかにも陰鬱だ。何度となく補修をほどこしたが完全にきれいな姿に生まれ変わることはなかった。寿命がつきる瞬間を待つ老犬のように静かだ。実家で飼っていた犬のふすまのことを思い出し、涙ぐんでしまう。死んでずいぶん経つのに、ふすまの不在はいまだにわたしに痛みをもたらす。

屋上へ出るドアの鍵は開いている。先ほど、高峰がそう教えてくれた。薄暗い階段をのぼってきたせいか、屋上の日差しはまぶしいを通り越して痛かった。目を細めたせいで狭まった視界の端で、なにかが動く。「なにか」はかぼそい声で「森くん」と言った。続いて「永瀬さん」と。

「……しずく？」

しずくの声は、いつも震えているように聞こえる。いつも最初の一音が掠《かす》れて聞き取りにくい。ようやく光に慣れた目が、彼女の姿を真正面にとらえた。大きな鉢植えを抱えている。ハート形の葉っぱが茂っているが、なんという名の植物なのかわたしは知らない。小柄なしずくが全長八十センチほどもある鉢植えを抱えていると、大人の手伝いをしている子どものように見えた。

「来てたん？」

「うん。そう」

「取りに来た」と言ってから、すこし考えて「てい子さんの」と付け足した。てい子さんは駒さんの妻だ。よく作業場に来ていた。駒さんにお弁当を届けるとか、工房内で発生する雑務、たとえばお客さんにお茶を出すとか、銀行に行くとかといった、些細《ささい》だけれども誰かがやってくれないととても困るような事柄のほとんどを、てい子さんが担っていた。

　昔はしずくの他にも弟子がいて、彼らの諸々の面倒を見るのもてい子さんの役目だった。てい子さんの趣味は植物を育てることで、アボカドとかレモンとかを食べたあとに種を発芽させて大きく育てるのが好きだった。自宅は日当たりが悪いらしく、元気のない鉢植えがあると高峰ビルの屋上に持ち込んでいた。

「持つよ」

　森くんが慌てて、しずくから鉢植えを受け取っている。ハート形の葉が頬に触れ、くすぐったそうに身を捩《よじ》っている。

　あたし思うねん、永瀬さん。いつだったか、てい子さんから話しかけられたことがある。もうかなり前の話だ。その時わたしは屋上でタオルを干しており、てい子さんは鉢植えの植え替えだかなんだかの作業をしていて、頬が土で汚れていた。

「あたし思うねん、永瀬さん。置かれた場所で咲きなさい、とか、最近よう言うやんか。

でも、どうしてもそこでは咲かれへん時っていっぱいあるねんから、どんどん置き場所移したったらええんちゃうかなって」

その時、隣には森くんが座っていた。鉢植えの話をする態《てい》で森くんを慰めようとしていたのかもしれない。森くんは新卒で採用された会社を、本人曰く「逃げ出すみたいに辞めた」ことを、長いあいだ気にし続けていた。なにかというと自虐ネタみたいに自分がいかにダメな社員だったかを話し出す時もあった。

「そういうの、うっとうしいからやめたほうがええで」

高峰にそう指摘されてからは言わなくなった。少なくとも、わたしたちの前では。

しずくが抱えている鉢植えは、てい子さんから譲り受けて育てていたのだが、退去の際にうっかり忘れていたという。しずくは百を説明すべき状況でも二十ぐらいのことしか口にしないため、あとの八十は辛抱強く質問を重ねて訊き出すか、こちらで脳内補完しなければならない。

誰もが、わたしに自分の話をしたがる。森くんもそうだし、高峰もそうだ。あなたにだけ話す、と前置きして、とんでもない秘密を打ち明けられることもよくある。なぜなのかはよくわからない。信頼とはすこしちがう気がする。

しずくはちがう。大切なことも、大切ではないことも、こちらから訊《たず》ねないかぎり、わたしには話さない。

「いつ引っ越し？」

「来週。金曜日」

「そうなんや。大変やろ。遠いし、船で運ぶしかないもんな」

森くんと話すあいだ、しずくは森くんをじっと見ていた。話す時は相手の目を見ましょう、と先生に教わった小学生がそのとおりに頑張っているような、切なくなるほどひたむきな表情をしていた。

わたしとふたり並んで「同い年です」と言っても、きっと誰も信じない。しずくの髪形は中学生の頃からずっと同じショートカットのままだ。化粧をしているところは一度も見たことがなく、誰かに指摘されるまで穴の開いたスニーカーや裾のほつれたシャツを着用し続ける。表情の変化に乏しく、なにを考えているのかよくわからない。たいていの人は、しずくを持て余す。どうあつかっていいかわからない、と困った顔をする。

エレベーターのボタンを押したしずくを見て、森くんがすこし困った顔をした。わたしは鉢植えを奪い取り、「ちょっとしずくとふたりで話したいことあるから、森くんは階段でおりて」と、なるべく冷淡に聞こえるように言い放つ。森くんはほっとした顔で階段に向かっていった。

「重くない？」

エレベーターに乗り込んだ時、しずくが心配そうに言った。

「ぜんぜん」

しずくがほっとしたように笑う。以前はこんなにわかりやすい表情をする人ではなかった。これはきっと恋人の影響なんだな、すごいな、と顔も知らない女性のことを思う。最初、なぜか勝手に年上だと思い込んでいたのだが、聞けばわたしたちより五歳も若いらしかった。

これまでいろんな人が、しずくに「もっと愛想よくしたほうがいい」とか「笑うとかわいいのに」とか、「もうすこし大きい声で喋《しゃべ》ったほうがええよ」とか、あらゆる言葉で態度の改善をうながすところを見てきたし、わたしも何度か似たようなことを言ってきたと思う。でもしずくは変わらなかった。誰の影響も受けないように見えた。そのしずくをこんなふうに変えた恋人は、いったいどんな人なのだろう。

「それ、まだ持ってたんだ」

しずくはわたしのネックレスを見ていた。雫型にカットされたラピスラズリにチェーンを通しただけのシンプルなこのネックレスを、わたしはめったに身につけない。大切な日に、勇気が必要な日に、泣かずに終わりたい日にだけ、そっと箱から取り出す。

「持ってたよ」

しずくは、すこし困ったように笑っている。その表情の意味をはかりかねて、わたしの口は重くなった。

うまく話せない。ほんとうは、話したいことがたくさんあるのに。エレベーターの扉が開いて、大きく息を吐く。エレベーターの前で森くんが待ち構えていた。小さな声で「ごめん」と言うので、聞こえなかったふりで流した。

2025年4月

歩道に三輪の自転車が停められていた。しずくがそれを指さす。

「これ、てい子さんの」

たしかに、後輪の泥除けに「駒田《こまだ》てい子」と書いてある。後方のカゴに鉢植えを載せ終えた時、しずくがぽつりと言った。

「大変じゃない」

「え？」

「引っ越し。べつに大変じゃない」

ずっと先ほどの森くんの質問の答えを考えていたのか。脱力して、はあ、と声が漏れた。

「いらないものは、ぜんぶ置いていくから」

「いらないもの」には、わたしも含まれているのかもしれない。ここで過ごした時間とか、なにもかも、ぜんぶ。わたしにとっては大切なものだった、でもしずくはもしかしたらずっと、うっとうしかったのではないか。

しずくは「さよなら」も「またね」も言わずにわたしたちに背を向け、自転車にまたがった。自転車はあちこち錆《さ》びているようで、ペダルを踏むと軋《きし》んだ音を立てる。

二メートルも行かずに自転車が停まった。しずくが振り返る。「永瀬さん」と言ったらしいことが、唇の動きでわかった。

右手が静かに持ち上がり、手のひらがわたしに向けられる。中指だけがわずかに曲げられているのを認めた瞬間、すべての音が消滅した。脇を通り過ぎる車の走行音や、通り過ぎる人々の話し声や、そんなものが、いっぺんに。しずくの背後の風景がまたたくまに後方に遠ざかり、霞《かす》んで見えなくなった。すこし緊張したようなしずくの眼差しと、かすかに震えている右の手のひらの白さと、視界の端でぼんやり立ち尽くしている森くんの横顔、それだけが、わたしの目にうつるすべてになった。

はっと我に返って、わたしも同じように右手を上げた。しずくが小さく頷いた。ようやく、音が戻ってくる。

自転車は笑ってしまうほどののろさで、すこしずつ遠ざかっていった。その後ろ姿が、ふいに霞んで見えなくなった。

「永瀬さん、どうしたん？　しんどい？」

森くんに問われてはじめて、自分が泣いていることに気がついた。

「え、泣いてんの？　なんで？」

高峰の驚いた声もする。窓からわたしたちの姿を見つけ、急いで降りてきたらしい。

「なんでもない」

森くんと高峰が顔を見合わせ、「なんでもないわけないやんな」「な」と言い合いながら、わたしの両脇に立つ。行きかう人々の無遠慮な視線からかばうように。

顔を覆うと、わたしとしずくと、ついでに森くんと高峰とのあいだに起こった今日までの記憶が、断片的かつランダムに浮かんでは消えた。それらはとても遠くて、もうけっしてわたしの手の届かないところにあった。

2025年4月

2020年2月

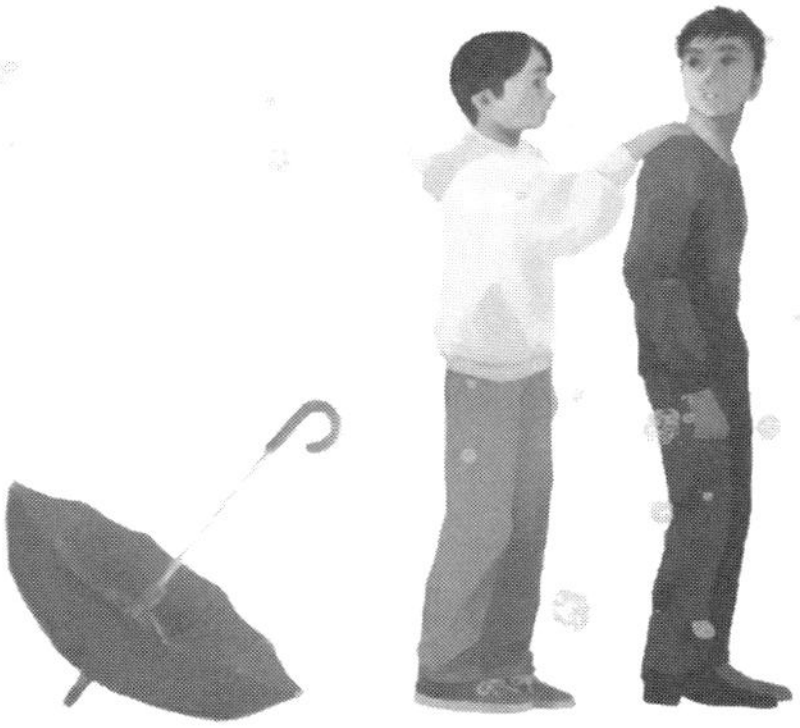

わたしの髪に触れたハッサンが「あ、白髪《しらが》発見」と呟いたので、ぎょっとして振り返った。

「嘘。抜いて！」

「抜かんほうがええよ」

ハッサンはわたしの白髪をはさみで短く切って、黒いケープをまとったわたしの膝に載せる。色素を失っているわりに妙にぴんぴんと元気で、見ていると腹が立ってきた。そう言うと、ハッサンはのけぞって笑う。

「自分の髪の毛にむかついてどうすんの、永瀬さん」

「だって、白髪やで。ショックやし」

「白髪ぐらい生えてくるって。我々、もう四十歳やからね」

ハッサンはこともなげに笑い「今日はどうする」と鏡越しにわたしと目を合わせた。

「えっと、伸びたぶん、切ってください」

「はい、わかりました」

二十年以上ずっと同じ髪形をキープしている。たまに梳《す》いてもらうとか、前髪をつくってみるとかいったマイナーチェンジはあるが、全体の長さはずっと変わらない。きっぱりしたショートカットでもしなやかなロングヘアでもない、肩に届くか届かないか、という、このどっちつかずの髪形がわたしにはいちばんよく似合うというか、これしか似合わないのだと母は言う。

この美容院でずっとわたしの髪を切ってくれているハッサンは、会うたびヘアスタイルが変わる。名字が八田《はった》だからハッサン。結婚しているのでもう八田ではないのだが、今もそう呼んでいる。

はじめて担当してもらった時に「保育園に預けてるで」と言っていた娘が今では中学生になっているのだが、ハッサン本人は年々若返っている。

「高峰くん、元気？」

ハッサンもまた、中学の同級生だ。一時期高峰とつきあっていたことがある。なんていうかさー、十代の頃っていうのはああいう男がよく見えんねんな、人生経験が浅いからな、と言うあたり、高峰との交際は彼女の中で黒歴史と化しているのかもしれない。

元気っていうか、うーん、と口ごもるわたしに、ハッサンはそれ以上質問を重ねない。たぶん、現在の高峰にそこまで興味がないのだと思う。

「しずくちゃんは？」

「いつもどおり」

「もう、暴れたりしてない？」

「してないよ」

「あの時はびっくりしたよなあ」

ハッサンはくくく、と笑い声をあげる。もう二十数年前の話だというのに、いまだに新鮮に笑えるらしい。喋りながら、手際よくはさみを動かす。話題はおもに、ハッサンの娘の成長についてだった。今時の子はおとなしいよね、我々の時代と比べたら、とのことだった。わたしには子どもがいないし、中学生と接する機会もないので、そうなんや、というような鈍い相槌を打つことしかできない。

「ワックスつけてもいい？」

「うん、おねがい」

支払いを済ませ「ありがとうございました！　永瀬さん、また来てな！」というハッサンの元気な声を背に受けながら、わたしはショーウィンドウにうつる自分のかわり映えのしない姿から目をそらした。コートのポケットに手を入れたら、さっき無造作につっ込んだハガキがかさりと音を立てた。二月はわたしの誕生月なので、二十パーセントオフクーポンがついたハガキが郵便で届く。今日受付でこれを出したら帰り際に「来月まで使えるから」と返された。わたしは二か月に一度しか髪を切らないので使うことはきっとないと思ったが、いちおう受け取っておいた。

誕生日が近づくと、街が赤とピンクのハートでいっぱいになる。もちろん街をあげてわたしの生誕を祝ってくれているわけではない。たまたま二月十四日に生まれただけの話だ。おさない頃、誕生日ケーキは父が仕事帰りに買ってくるバレンタインデー用のチョコレートケーキと決まっていた。

わたしは「恋愛」と相性が悪い。最近、ようやくそのことに気がついた。気がついて、楽になった。それまではずっと恋愛を「すべての人間が謳歌《おうか》せねばならぬもの」だと思い込んでいた。あらゆる恋愛イベントを楽しむことができない自分は、なにか大切なものが欠けているのだとも。

恋をしなければならない。愛する人と結ばれなければならない。長らくわたしをがんじがらめにしていたそれをなんと呼ぶか、今は知っている。「ロマンティック・ラブ・イデオロギー」だ。ロマンティック・ラブ・イデオロギー。必殺技の名のようだ。ひとたび叫べば、赤とピンクのハートが炸裂《さくれつ》する。必殺技を受け続けたわたしは汗まみれ血まみれ満《まん》身創痍《しんそうい》、それでもまだ「恋愛はすばらしいもので、それを享受できない者はあわれである」という社会からのメッセージについて疑問を持つこともなく、なんとか順応しようとしていた。乳糖不耐症の人が「牛乳は身体にいいから」と飲み続けてお腹をくだして苦しんでいたようなものだ。

今のわたしは牛乳を飲まない。ここで気をつけたいのは、だからといって牛乳を好む他人を否定してはいけない、ということだ。「よくそんなの飲むよねー」とか「わたしは無理だなー」なんて言ってどうする。誰も幸せにならないのに、なぜそんなことをアピール

2020年2月

する？

人は人。自分は自分。あなたたちは好きにしろ。わたしも好きにする。このスタンスを得るまでに、なんと四十年もかかってしまった。これは歳を取ったから自然にわかるようになったわけではなくて、『ジュエリータカミネ』の仕事が大きく影響している。いちいち他人の感覚を否定していたら、お客さんの要望を尊重しつつ、職人からのダメ出しを受けつつ、なおかつ予算にも目配りしつつ、デザインを仕上げるなんて仕事をこなせるわけがない。

ドラッグストアの前を通りかかったら「トイレットペーパーはおひとりさまにつき一個までお願いします」というはり紙がしてあった。マスクが不足しているのは知っていたけど、最近はトイレットペーパーやティッシュも不足しているらしい。漠然とした不安と腹立たしさが等分に込み上げてきて、歩く足を速めた。

『ジュエリータカミネ』に持ち込まれるジュエリーは、ただの「もの」ではない。記憶、思い入れ、あるいは願い。そうしたものを宿したなにかがあつまってくる。ただ美しいジュエリーを纏《まと》いたいだけなら、既成品を購えば済む。わざわざ古い宝石や貴金属を持ち込み、けっして安くはない代金を支払って加工するのは、理由があるからだ。その理由に、わたしの共感や理解は必要ない。どんな理由であっても丁重にあつかう、ただそれだけだ。

前田《まえだ》さんにも、「理由」がある。

デザイン画に見入ったままぴくりとも動かない前田さんと向かい合い、わたしはじっと彼女の返事を待った。『ジュエリータカミネ』は高峰ビルの一階の店舗と二階の事務所にわかれている。事務作業や、外部の職人やジュエリーデザイナーや税理士、銀行員といった人々との打ち合わせは二階でおこなう。一階のサロンは完全予約制になっているから、飛び込み客への対応で接客を中断することもない。シャンデリアと猫脚のソファー、毛の長い深紅の絨毯は過剰なまでにゴージャスに、という高峰の希望に沿って、都さんが選んだものだという。どれもおそろしく値が張り、掃除にコツを要する。

『ジュエリータカミネ』は広告を出していないので、既存顧客の紹介か、ホームページやブログを見て来るお客さまが大半だ。前田さんは後者だった。「婚約指輪　リフォーム」で検索して、『ジュエリータカミネ』のブログ（記事を書いているのはわたしだ）を見つけたという。正確には、前田さんの娘さんが。今日はひとりだが、前回は娘さんとふたりでやってきた。

新規のお客さまには「カルテ」と呼ばれる用紙に住所や生年月日などを記入してもらう。利き手がどちらなのかとか、ふだんはどんなアクセサリーをつけているのかとかそういう項目もあるが、そのあたりは接客をしながら聞き取り、こちらで埋めていく。持ち込まれた宝石や貴金属にまつわる思い出なども。いちばん大切なことは、たやすく語られない。だから、長い長い時間をかけ、辛抱強く、相手が語り出す瞬間をじっと待つ。

「父の遺品を整理していたら、これが出てきたんです」

前田さんの娘さんが持参した三つの箱には夫婦の結婚指輪と、婚約指輪がそれぞれおさめられていた。ほとんど着用されることなく、夫婦共有の箪笥《たんす》の引出しの奥深くにしまわれていた。娘さんは「しまい込んでちゃ、もったいないでしょ」と説得して連れてきた、と話していた。前田さんは娘の話に時折頷くのみで、ほとんど言葉を発しなかった。

今日は娘さんが体調不良とのことで、前田さんひとりでやってきた。「いらっしゃいませ」と出迎えた時にも、わたしが紅茶を出した時にも、そして今もずっと、バッグの持ち手をぎゅっと握りしめている。

リフォームにはセミオーダーとフルオーダーの二種類がある。前者はすでにある指輪やネックレスのサンプルから選んでもらい、後者は一からデザインを起こす。

デザインを起こすのはわたしの仕事だが、できあがったデザインをお客さまに気に入ってもらえない時は、もちろんある。お客さまが気に入る素敵なデザインであっても、職人から「これは無理」「このとおりにはならない」と断られる場合もある。そのあたりをうまく調整するのも、わたしの仕事だった。

たいていの人は、はっきりしたデザインの希望を持たない。あるいはそれを伝えるための語彙がない。「かわいい感じの」とか「飽きのこないデザインに」といったふんわりしたリクエストを、こちらからの細かな質問を重ねることによって明確なイメージに近づけていく。

スポーツを好むのか。和装の機会はあるのか。料理はするのか、まったくしないのか。

毎日身につけるものが欲しいのか、とっておきの日に身につけるものが欲しいのか。

回答以上のことを語ってくれる人もいるし、前田さんのようになにを訊いてもはっきり答えない人もいる。娘さんの話でわかったのは、夫を去年病気で亡くしているということ。その夫とは「長い遠距離恋愛の末に」結ばれたということ。

婚約指輪のダイヤのカラット数は少ない。ほとんどのやりとりを娘にまかせていた前田さんは、婚約指輪の話になった時だけ顔を上げて「当時の主人の収入からすれば、とても高いものだったと思います」ときっぱりと言った。

娘さんは「ふだん使いできるデザインの指輪にしたら」と言っていたが、わたしはブローチを提案した。指輪をつくっても、おそらく前田さんは身につけないだろう。装飾品になじみがなくても、ブローチならばハードルが低い。服につけるのに抵抗があるならバッグにつけてもいいし、チェーンを通してネックレスにすることもできるし、お守りのように持ち歩くこともできる。

結婚指輪の金を溶かして、婚約指輪のダイヤと組み合わせ、ひとつのブローチにする。娘さんは「それって最高ですね」と目を輝かせたが、肝心の本人は無表情のままだった。

デザイン画には、ダイヤの実がついた小枝をくわえたツバメのブローチが描かれている。前田さんがぎゅっと握りしめていたハンカチの端に小鳥の刺繍《ししゅう》を見つけて「鳥がお好きなんですか」と訊ねたら、すこし恥ずかしそうに頷いてくれた。だからツバメはどうかと提案した。インコを飼っているとのことだったので、もしかしたらインコのほうがよかった

2020年2月

かなとあとになって思ったが、「ツバメは幸運のシンボルなので」というわたしの説明に、娘さんが一も二もなく「ぜひ、ぜひツバメで」と身を乗り出し、前田さんも無表情ながらいちおう賛成してくれて、めでたく採用と相成った。

デザイン画に見入っていた前田さんが、ようやく顔を上げた。と思ったら、「ごめんなさい」という言葉とともに、ふたたび伏せられる。

「とても素敵だと思います。でもまだ、迷っていて」

正直言って、ジュエリーリフォームはけっして安くない。まれに材料費が浮くから新品を買うより安くあがると思っている人もいるのだが、そうではないのだ。『ジュエリータカミネ』ではすべての商品を鋳造《ちゅうぞう》ではなく鍛造《たんぞう》で制作している。鋳造は型を使うので容易に量産ができるが、鍛造はコストも手間もかかる。しかし地金を叩いて成形するため硬く変形しにくいという長所もある。

高い技術に対して支払うお金が、安くていいわけがない。妥当な値段だと感じるのはわたしが鍛造の過程や価値を知っているからであって、お客さまにはそんな事情はわからない。それを説明するための言葉を選んでいると、前田さんが堰《せき》を切ったように話しはじめた。

「夫が買ってくれた指輪を、こんなふうに別ものに、ぜんぜん違うものにつくりかえてしまって、いいんでしょうか。なんだかそれって、それって夫の存在を蔑《ないがし》ろにしているような気がするんです。夫がかわいそうな気がします。娘は簞笥《たんす》の奥にしまっておくほうがかわいそうだって言うんです。一度はそういうものかと思って、だからここに持ってきたけど、でも」

周囲に「口数の少ない人」という印象を与える人がいる。でも、そうした人の大半は当然なにも考えていないわけではなく、内側に無数の言葉が渦巻いている。

「ものを整理するたびに、どんどんいなくなっていくんです。死んでいきなり存在がゼロになったんじゃなくて、毎日、ちょっとずついなくなっていくんです。わかりますか？指輪をちがうものにつくりかえてしまうことで、なんだか夫の存在を絵の具で塗りつぶしてしまうみたい。思い出が、塗り替えられてしまうみたい」

リフォームをためらうお客さんの多くが、表現はちがえど前田さんの主張と似た言葉を口にする。「母の思い出のファイルに上書き保存してしまうようで」と言った人もいたし、「昔ね、カセットテープってあったやんか。あれって録音を消したくない時はツメを折ってさ、覚えてる？」と長々とたとえ話をした上に、懐かしの一九八〇年代ヒットソングの話に脱線した人もいる。

「あの、これ」

わたしは自分のピアスに触れる。

「父の形見なんです」

父はわたしが十代の頃に病死した。形見分けでもらったカフスボタンにはオニキスがあしらわれていた。たいして価値のある石ではないが、どうしてもこれが欲しかった。父は授業参観日にこのカフスボタンをつけてきた。教室の後ろに掲示された絵を見て頭を撫《な》でてくれた手を、その手首を飾っていた黒い石を、わたしは覚えている。

「思い出は、消えません」

前田さんの瞳が一瞬、警戒するように細められた。

「このピアスをつけているとね、父が隣にいるみたいな気持ちになれるんです」

父をすぐ近くに感じる。個人を偲《しの》ぶとかそういうことではなく、父のかけらを自分の一部にして、今をともに生きている、そんなふうに思う。

わたしは前田さんに返事を求めなかった。後悔のないように、ゆっくり考えてくれたらいい。ぬるくなった紅茶を新しいものと取り替えるために立ち上がる。紅茶の葉がポットの中で開くのを待ちながら、あとであれもしなきゃこれもしなきゃ、と指折り数えた。高峰が入院してからずっと、わたしは『ジュエリータカミネ』のすべての仕事をひとりでこなしている。


前田さんはそれから、三十分ほどして帰っていった。「ブローチ、よろしくお願いします」と言い残して。心なしかすっきりしたような、でもすこしだけさびしそうな、そんな顔に見えた。

よかった。ひとりになった店の中で、安堵の息を吐《つ》く。「やっぱりやめます」と言われる可能性もけっして少なくはなかった。いちばん大切なのはお客さんの気持ちだし、無理強いはしたくない。しかしこちらも商売なので一定以上の売上は確保しなければならない。

「そのピアスは、永瀬さんにとってはお守りみたいなものですか？」

帰り際、前田さんはそうも言った。わたしは一瞬考えてから、それともまたすこしちがいますね、と答えた。

お守りならべつに持っている。友人にもらったネックレスなんです、ラピスラズリという石の、雫の形で、と言おうとしてやめた。それを話しはじめたら、長くなるから。

時計に目をやると、もう十二時近かった。高峰は今頃、昼食の時間だろうか。「ここの病院、食事がまずい」と顔をしかめていたことを思い出しながら鞄《かばん》を抱え、店のドアに鍵をかける。ドアノブにかけた札を「ＣＬＯＳＥ」にして、エレベーターのボタンを押す。

エレベーターに敷かれた絨毯の端がめくれあがっている。縁に埃《ほこり》が付着していて、それがいかにもみすぼらしい。テナントの誰かのいたずらなのか、壁に水道工事のマグネットちらしがくっついていて、ちょっと腹を立てながらそれを引っぺがす。

『コマ工房』のドアをノックし、耳を澄ました。声が小さいので、うっかりすると返事を聞き逃す。

「どうぞ」

今日はちゃんと聞き取れた。

しずくは椅子の上で縮こまっている。ふつうに座っているだけかもしれないが、わたしの目にはそう見える。いつもなにかに怯《おび》えているように、あるいはなにかに耐えているように。

「例のツバメのブローチ、正式に依頼を受けたので、制作をお願いします」

ブローチのデザイン画は、すでに二度ほど描き直している。最初の一枚は見るなり「できない」とつき返された。

駒さんの頃から、そうしたことは頻繁にあった。強度などの問題で、デザイン画のとおりにはならないと言われるのだ。こっちだって職人からの修正指示が入るのは織り込み済みで描いている。完全にそのとおりにはならないことぐらい、ちゃんとわかっている。でも言いかたってもんがあるだろうと思う。そんな、ドアをばたんと閉めるみたいに「できない」なんて。

「うん。わかった」

しずくは呟くように答え、それきりなにを話しかけても返事をしなくなった。子どものそれと見まがうほどの小さな頭の中で、すでに作業ははじまっているのだろう。このブローチを完成させるための手順を思い浮かべ、脳内でシミュレーションし、もし問題があれば工程そのものを一から考え直す。しずくは「できる」という確信を得るまでは、実際の作業に取りかからない。だから「作業中」といっても、ただ一点を見つめて何時間も考え込んでいるような時もある。

「じゃあ、よろしくね」

部屋を出ていきかけてから「あ、今から病院行くから、事務所を二時間ぐらい留守にする」と念を押す。聞こえてないだろうと思ったが、黙って出ていくのも失礼だ。だがしずくは顔を上げた。

「お見舞い？」

「うん。確認してほしい書類があって」

「そうなんだ」

「一緒に行く？」

しずくはゆっくりとまばたきをした。なぜそんなことを訊かれるのかわからない、という表情に見えた。

「行かない」

あ、そう。わたしは頷く。しずくはそれきり、デザイン画を見つめたまま物思いに耽《ふけ》ってしまう。


最初は、ふざけているのかと思った。高峰が倒れた時のことだ。夕方五時のことで、有休の取得時期について軽くもめている時に急に胸を押さえてうずくまったため、わたしに休みを取らせないために小芝居をしているにちがいないと思ったのだ。高峰はふだんからそういうことをする傾向があるから。

いつまでも同じ姿勢でじっとしているので、「ちょっと、いいかげんにして」と、軽く、ほんとうにあくまでごく軽く、肩を小突いた。高峰はそのまま床に倒れ、何度呼びかけて

2020年2月

も反応せず、泣きそうになりながら救急車を呼んだ。

事務所の真上に、小さな部屋がある。もとは司法書士事務所が入っていたが十年前にその事務所が移転してからは借り手がなく、『ジュエリータカミネ』のちょっとした物置として使わせてもらっていた。

高峰の結婚からまもなくそこに折り畳みベッドが運び込まれた。「仮眠をとるために」と説明されて、特に疑問も持たなかった。その部屋に置いたものはほんとうに古い帳簿とか、もう使わない撮影機材だとか、取りに行く必要もないものばかりで、わたしは長いこと部屋の中の様子を見たことがなかった。

まさか妻子の待つマンションに帰らず連日その部屋に寝泊りしていたなんて、考えもしなかった。

離婚後、高峰が倒れてはじめて、わたしはこの部屋に足を踏み入れた。件《くだん》の折り畳みベッドの下には無数の酒瓶が転がっており、カーテンレールにはちょっと皺《しわ》の寄ったスーツやシャツのかかったハンガーがいくつもぶら下がっていた。

何年も前から、離婚後は特に、時間どおりに出社してもお酒の匂いを漂わせていることが多かった。ひげのそり残しや目の下のくまが目立つようになった。あきらかに様子がおかしくなりはじめていると気づいていたのに、わたしは高峰にあまり強くは言えなかった。だってもう大人だし、高峰自身の問題だし、プライベートな問題に首をつっ込むのもあれだし、と言い訳を重ねて、変わっていく高峰を直視しないようにしていた。

検査の結果、高峰についた診断名は十以上にものぼる。肝臓、心臓その他身体のさまざまな部位で病気が同時進行していた。

今回は、二度目の入院になる。一週間前に手術を終えて、経過が良好なら来週には退院できるという。病室は四人部屋で、高峰は窓に近いほうのベッドを割り当てられている。廊下に近いほうのベッドのひとつが、今は空いている。高峰の入院初日には確かにいたはずの人が、気づいたらいなくなっていた。

病室の窓からは、中庭に植えられた紅梅が見える。このあいだわたしが「きれいな花が見える位置でよかったな」と言ったら、高峰ははじめて梅の木に気づいたように「ああ」と間の抜けた声を漏らした。

病室の入り口に立ち、高峰を眺める。ぺらぺらの病衣を着せられ、それでもなお背筋を伸ばして座っている。看護師さんから渡された薬を愛想よく「いつもありがとうございます」と受け取る高峰の姿に、自分の眉間に皺が寄っていくのがわかった。あいかわらず、忌々しいほどに外面がいい。

看護師さんが離れたタイミングでベッドに歩み寄った。高峰がわたしに気づくより先に、高峰の向かいのベッドのおじいさんが「お、兄ちゃん。嫁さん来たで」と、音量調節機能がぶっこわれているような大声で言った。夫婦ではないと何度も訂正しているにもかかわらず、毎回わたしを「嫁さん」と呼ぶ。

「嫁さんではありません。こんにちは」

男に生まれたかったと思ったことはないけれども、こういう時「もし」と考えてしまう。もしわたしが男だったら、こんなことは言われずに済んだ。

よく知らない人に「嫁さん」と呼ばれること。親しい人にすら「ほんとのとこ、お互いのことどう思ってんの?」とニヤニヤしながら問われること。彼らはわたしが『ジュエリータカミネ』で積み上げてきたものをまるごと無視する。無視していいと思っている。どれぐらい失礼なことを言っているのか、考えてみたことすらないんだろう。

看護師さんには笑顔を見せていた高峰だったが、わたしを見るなりすっと無表情になった。書類入りのクリアファイルを受け取る腕は、以前よりまたすこし細くなったような気がする。

「ごはん食べてる?」

「病院の飯はまずい」

高峰は小声で答える。小声であっても、心からうんざりしているのがじゅうぶんすぎるほど伝わってくる。

「まずくても食べるの」

わたしは朱肉ケースの蓋を開けながら、高峰の目を見ずに言った。印鑑を押すだけだから、正直こちらで処理できる書類だ。でも、あえてここまで持参して、高峰にお願いする。わたしはそれ以外に、高峰に「これはあなたの会社だし、あなたの仕事だから、早く戻ってきてもらわなければ困る」と伝える方法を知らない。

「前田さん、今日正式にオーダーいただきました」

わたしが喋っているあいだ、高峰は窓の外を見ていた。話を聞いているのかどうか、よくわからない。

「いろいろありがとう。引き続きよろしく」

この「引き続きよろしく」は「もう帰れ」という意味だ。

「ねえ。もっと他になんか、ないの？」

高峰は黙って窓の外を眺めている。ため息をついて立ち上がったら、ようやく「ないよ」と答えた。

「ぜんぶ永瀬にまかせる」

「困るわ、まかされても。なに考えてんの」

声を荒らげると、高峰はなぜか薄く笑った。

「わかってるやろ。おれは永瀬のこと信頼してるから」

足元に視線を落とす。つるつるした素材の床に蛍光灯の光が鈍く反射していた。よく見れば細かい傷だらけのその床は、ふいに込み上げたわたしの怒りをも反射する。こらえようとした言葉がそのまま口から飛び出した。

「信頼ちゃう。高峰は昔から、わたしのことをなめてるだけや」

高峰はわたしには愛想よくふるまわない。気遣いも、言葉かけも、わたしには必要ないと思っている。面倒くさいことはぜんぶ押しつけてかまわないと思っている。そんなものを信頼と呼ぶな。

高峰の唇がわずかに震えていた。そんなふうに傷ついた表情をするのはずるい。そっちが失礼な態度をとったくせに、こっちの反応に傷つくなんてちょっと勝手すぎるんじゃないのか。気まずく視線をそらして病室を出た。

廊下を歩きながら、自分の腹が鳴る音を聞いた。そういえばまだ昼食をとっていなかった。森くんは高峰を見舞った帰りにはかならずこの病院の食堂に寄るらしい。高峰くんの退院までに全メニュー制覇するつもりやねん、と言っていた。友人のお見舞いという愉快でないイベントにも個人的な楽しみを見出《みいだ》すところが森くんらしかった。

永瀬さんもぜひ行ってみて、とすすめられたが、わたしは病院に長居することが好きではない。今日もそそくさと「食堂　↖」のはり紙の前を通り過ぎて、急いで外に出る。

大きく息を吸って、冷たい空気を肺に送り込み、ゆっくり息を吐く。

子どもの頃は大きな病院がこわかった。『へび女』という漫画を読んだせいだ。四十歳になった今も、じつはちょっとこわい。もしわたしが高峰のようになんらかの病にかかって長期入院することになったら、入院生活に耐えられるだろうか。深夜に尿意を催したら、暗い廊下を通ってトイレまで行かなければならない。できるのか？　そんなおそろしいことが？

人間ドックに行こう。食券制の定食屋に入り、運ばれてきたハンバーグ定食を嚙みしめながら決意した。いちおう健康診断は毎年受けているが、もっとくわしく調べてもらおう。

高峰ビルは十字路の一角にある。横断歩道の信号が青になるのを待っていると、隣に立った男が「よ」と身を寄せてくるのでぎょっとしたが、よく見たら森くんだった。髪形が変わっていて、一瞬わからなかった。手にしているコンビニのロゴ入りの白い袋からサンドイッチが覗いている。

「今からお昼?」

「うん。今日は忙しくて、こんな時間」

「お弁当じゃないんや」

「弁当つめるのめんどくさい日もある。そういう日は、いさぎよくさぼる」

「いさぎよく。ええやん」

「まあ、節約せなあかんことを考えたら、毎日弁当つくるべきではあるけど」

ぼくんとこ貯金ぜんぜんないし、と森くんが肩を竦《すく》める。

「ぜんぜんってことはないやろ」

「いやほんまに。内緒やで」

森くんが貯蓄額を耳打ちしてくる。

「内緒なら、言わんでええんやで」

「いや、永瀬さんにだけならええかなって。永瀬さん、口かたいし」

もちろん他人に言ったりしないが、そうやってやたらめったら「内緒やで」と打ち明けられた秘密を守る立場の苦しさについて、もうすこし配慮してくれてもいいんじゃないかといつも思う。

森くんのところはもう結婚して十年以上になる。結婚ってどんな感じ？　以前、そう訊ねたことがある。修学旅行の夜みたいな感じ、と森くんは答えた。毎晩枕を並べて、他愛もないことを話す。そういうのがずっと続く生活だという。わたしはそれが結婚ならけっこう悪くないなあと思ったのだが、高峰に言わせれば「子どもがいないからできること」らしかった。

「永瀬さんは、ごはん食べた？」

「うん。病院の帰りに」

あー高峰くんの、と森くんが頷く。信号が青に変わった。

「どうやった？」

「投げやりーな感じ」

あー、とまた言って、森くんは両腕を組んだ。サンドイッチが入った袋がくしゃりと音を立てる。

「もう、いろんなことがどうでもよくなってしまったんかなあ。社長があれでは困るよ、わたしも」

来週には退院できるというのに、高峰にはそれを喜ぶ様子が一切ない。「家帰ってもすることないし」と、病衣の袖のほつれを気にしていた。

仕事の話を聞く時はいつも上の空で、窓の外ばかり眺めている。帰ってほしそうにするくせに、来るなとは言わない。

高峰についての不満を一度口にしたら止まらなくなってきて、わたしは階段をのぼろうとする森くんを一階のエントランスの隅に引っぱっていって熱っぽく喋り続けた。森くんはうんうんと頷くだけだ。時折他のテナントへの客や宅配便の配達員が通り過ぎるが、小声で話すわたしたちには目もくれない。

「わたし、どうすればええんやろ」

森くんが腕組みしたまま、天を仰ぐ。長い沈黙のあとに「永瀬さんができることをすればいいと思うよ」と答えになっていないことを言った。それがわからないから困っているのだが。

「それにしても、さびしいもんやな」

最初は、高峰のことを言っているのだと思った。あいつはさびしい男なのだから、と。だから我慢してやれとでも言う気か？　おん？　と内心いきりたったが、森くんの悲しげな眼差しは壁のフロア案内図に注がれている。そこでようやく自分の勘違いに気がついた。

高峰ビルのフロア案内図は階ごとに仕切られており、そこに事業所名を書いた白いプレートをセットする方式なのだが、数年前からところどころ歯抜けが目立ちはじめた。五階など半分しか埋まっていない。

「とりあえず、次病院行く時はぼくも誘って。二対一のほうが気が楽やろ」

わたしは楽になりたいのだろうか。

むろん、楽になりたいに決まっている。

「うん。お願い」

エレベーターを使わない森くんに合わせて、わたしも階段をのぼる。手すりに触れたらしんと冷たくて、思わず手をひっこめた。


翌日は志保《しほ》さんの予約が入っていた。志保さんは「がんがん稼いでがんがん使う」がモットーの開業医だ。趣味は旅行で、国内外問わずめずらしい石を手に入れるとここに持ってきてオリジナルのジュエリーをオーダーする。だが今回はめずらしく宝石ではなかった。

「これは、陶器ですか」

直径一センチほどの、染み入るような深い黒の楕円がふたつ、小箱におさめられている。中央に一本だけ、波を思わせる白い曲線が走っている。これは実際の海ではなく、誰かの心の、深いところに広がっている海だと思った。

「そう。星母島って知ってる？　九州のほう。あ、知らないか。知らないよね、やっぱり。小さい島で、そこで陶芸やってる人がいてね、このボタンにひとめぼれしてしまって」

「ああ、これボタンなんですか」

許可を得て、手に取った。裏側に糸を通すための足がついている。服に使うにはすこし重そうだが、ただ部屋に飾っておくのももったいない。

「イヤリングに加工したいの。できるよね？」

志保さんは絵がうまく、簡単なデザイン画を毎回自分で描いてくる。好みはとてもはっきりしている。立爪の指輪は服に引っかかるから嫌い。ゴールドじゃなくてプラチナがいい。シンプルはいいけど地味なのはだめ、等々、憧れてしまうぐらいに迷いがない。

志保さんから預かったボタンとデザイン画を手に持ったまま、しずくに電話をかけた。今から行っていいか訊くと「あ……はい」と消え入りそうな声で答える。たぶん、ほんとうは嫌なのだろう。作業中で手が離せないとかあとにしてくれとか断ってくれてかまわないのに、妙なところで遠慮をする。

「きれい」

工房に入ってボタンを見せるなり、しずくが呟いた。わたしはびっくりして、大きな声で「えっ」と言ってしまった。しずくが肩を震わせる。

「あ、ごめん。いや、めずらしいなと思って。そういうこと言うの」

「そう？」

しずくが持ち込まれたジュエリーや裸石《ルース》について個人的な感想を述べたことなど、これまでに一度もなかった。

「こんなに深みのある色が出せるんだ、陶器って。石とはまたちがう……うん、ちがうね。ぜんぜんちがう。ねえ、これどこで手に入れたのか、教えてもらった？」

2020年2月

いっぺんにこれほど長く喋るのも、ものすごくめずらしいことだった。

「九州の小さい島に旅行して、そこで買ったらしいよ」

「島？　なんていう島？」

スマートフォンの地図アプリを開いて「星母島」を見せてあげた。目を凝らさなければ見えないような、わたしも彼女もついさっきまでその存在を知らなかったその島で、たしかに誰かが生きている。生きて、こんなにも美しいものをつくっている。作家名で検索して、SNSのアカウントを見つけた。アイコンが同じような陶器のボタンだったので、すぐにわかった。

「奥田《おくだ》さおりさん、って人。女の人みたい」

しずくはわたしのスマートフォンを両手で持ち、食い入るように画面を見つめている。ジャンルはちがえどものづくりに関わる者として、なにか感じるものがあるのかもしれない。しずくは小柄な身体とふつりあいなぐらいに、手だけが大きい。指は太くて傷だらけだ。その手の中でわたしのスマートフォンが振動をはじめる。しずくがぎょっとしたように椅子から身体を浮かせ、スマホをわたしに押し戻してきた。姉からの電話だった。

「あんた、仕事終わってすぐこっちに来られる？」

これは質問ではない。姉が「来られる？」と言ったら、それはすみやかに来いという意味なのだ。姉の背後で母がなにか喚《わめ》いているのが聞こえる。ふたりともすごく声が大きくて、だからたぶんしずくにもぜんぶ聞こえているだろう。

「なるべく早く行く」

椅子に腰かけたしずくは、眉をひそめてわたしを見上げていた。

「あ、ごめんね。今の、実家からの電話」

そうなんだ、と聞き取れるか聞き取れないかぐらいの音量でしずくがこたえる。

「最近しょっちゅう呼び出されてさ、嫌になるわ」

しずくがぎこちなく、しかし小刻みに頷く。こっちから言い出しといてなんやけど、そこまで真剣に聞いてもらうほどの話ではないから、と言い添えようとした。

さらっと受け流してくれればいいのに。適度に吐き出さなければ爆発してしまうから人に喋っているだけなんだから。

「では、よろしくお願いします」

出ていく直前「永瀬さん」と呼び止められた。振り向くと、しずくは自分から声をかけてきたくせに、教師の説教を受ける中学生のように首を竦めていた。膝に置いた両手が震えている。

「嫌なら、すぐ切ったほうがいいよ。縁」

言いたいことはたくさんあったけど、なにひとつ舌の上には載せられず、わたしは曖昧に笑って頷いた。いや、笑ったつもりだけど、ただひきつってしまっただけかもしれない。

わたしの母は「縁を切ったほうがいい」とまで言われるようなひどい親ではなかった。

2020年2月

それはたしかだけども、では好きかと訊かれたら口ごもる。

他人の外見のことばかり気にする人ではある。太ったとか痩せたとか、背が高いとか低いとか。娘に対しても、その服は似合わないとか、足が太いから短いスカートははくな、そういう化粧は似合わないとか。わたしは母を好きでも、嫌いでもない。それが正確なところだ。もっと正確を期するならば「よくわからない人」だ。

幼稚園に通っていた頃に、母から絵本がつまった木箱を渡された。姉がわたしぐらいの年齢の頃に、いとこから姉におさがりとして渡されたものだった。姉は絵本を読む子ではなかったのでそのまま押し入れにしまい込まれていて、掃除中に見つけた。絵本の中でわたしがとりわけ気に入ったのは三匹の熊と女の子の話だったが、なぜか絵本の最後のページが破りとられていた。もらった時点ですでにその状態だったのか永瀬家に来てからそうなったのかは、今もってわからない。

わたしは、「最後のページが見たいから新しく買ってくれ」と母にねだった。どうなったのか知りたい、気になる、と。でも母は、「ええやん、そんなん。べつにどうでも」と冷たく言い放った。

「どうせ、めでたしめでたしで終わるんやから。こんなもん」

でも、でも、と食い下がるわたしに、母は突然激昂《げっこう》した。

「そんなん言うぐらいなら読まんかったらええんや」と怒鳴って、絵本を窓から放り投げた。一階の窓だったたし、直後に後悔したのか、すぐに回収してわたしに返してくれた。ごめんね、と謝ってもくれた。たったそれだけのこと。わたしがそう言ってしまえばそれで済むような話だ。大人にだって機嫌が悪い時や余裕がない時はあるのだからしかたないと、物わかりよく結論づけて終わらせることもできる。

実家のドアを開けるなり、母が駆け出てきた。

「珠ちゃん、珠ちゃん。聞いて」

わたしの両腕を掴んで、ぶんぶん上下に振る。そのたび、なんとも言えない匂いが漂う。汗と古くなったみかんの皮の匂いが混じったような匂いだ。無意識に息を止める自分をひどい娘だと思う。母の体臭を嫌悪している。そのいっぽうで、ああよかった、まだわたしの名前を覚えてくれている、と安堵している。

「暁《あき》ちゃんが意地悪ばっかり言うねん」

玄関の卓上カレンダーに、以前よりも書き込みが増えていた。「通院　午後」とか「資源ごみ回収日」とか、「りんバイト」「ちこ試合」という書き込みもある。りんとちこは姉の娘たちだ。りんは大学生で、ちこは高校生になる。

姉は約十年前に離婚し、娘ふたりを連れて、この家に戻ってきた。母がりんとちこに「暁ちゃん」「珠ちゃん」と呼びかけている、というのがわたしたち姉妹の「他人にとってはちっともおもしろくないけど自分たちにとっては毎回笑える話題」だったのだが、すこし前から笑えなくなった。認知症であるとわかってからは、まったく笑えなくなった。

母は何年も前から長い髪を後ろでひとつにまとめ、低い位置でおだんごにするスタイルにしている。毛髪の減少によりだんごが年々小さくなっていって、今では指先でつまめそうなほどだ。どうも、この嫌な匂いは、そこから漂ってきているようだった。ずっと髪を洗っていないのかもしれない。

卓上カレンダーの脇の写真立てに埃が溜まっていたので、気づかれないようにこっそりティッシュペーパーで拭った。写真立ての中では犬のふすまを抱きかかえた父が笑っている。死者は嫌な匂いを発しない。物忘れもしない。

「意地悪なんて言うてへん」

姉はゴミ箱を片手に、目を吊り上げている。

「また勝手にお菓子食べた？　って訊いただけや」

「食べてません」

緩慢に顔をそむける母はいかにも意固地な様子で、ようするに強烈に年寄りじみており、そのことがわたしを泣きたい気分にさせた。姉がお菓子のことで注意するのは、母が血糖値の問題を抱えているからで、でもここで姉の加勢をすると母が傷つく。母を庇《かば》うと姉が傷つく。

母は話を逸《そ》らそうとするかのように、「珠ちゃん、今日は仕事休み？」とわたしに話しかけてきた。

「ちがう。仕事終わりに来たんやで」

「大阪市内は家賃が高いんやろ」

ねる。

母は姉の言葉が聞こえていないかのように、また「今日は仕事は休み？」とわたしに訊

「お母さん、お風呂入ろうか」

一週間前にも、電話で同じやりとりをした。

「そうでもないよ」

それから母がお風呂に入るまで、一時間近くかかった。姉による入浴の説得は静かにはじまったが、ときどき声が甲高く鋭くなった。帰宅したちこが「ママ、そんな言いかたしたらおばあちゃんかわいそうやろ」としたり顔で口を挟んで、激しい口論になりかけた。母を寝室に連れていくあいだ、わたしは無意味にうろうろしたり放置してあった食器を洗ったりする程度のことしかできなかった。役立たずの新人アルバイトになったような気分だった。

居間に戻ってくるなり、姉はダイニングテーブルに突っ伏して呻《うめ》いた。

「お茶淹《い》れようか」

「ビールにしてよ」

冷蔵庫から取り出した缶ビールとグラスを姉の前に置く。りんはバイトで夜中に戻る予定なのだそうだ。ちこは自室にこもってしまったので、居間にはわたしたちふたりだけだ。

「あんたも飲んで」

姉に言われ戸棚からグラスを出す。姉と同じものが見つからない。テーブルに戻るのがこわかった。酔わなければ聞くに耐えられないような話をされるのかもしれない。

「お母さん、来週からデイサービスに行くねん。もう決めたから」

「あ、そうなんや。うん」

現在、母のことは姉にまかせきりになっている。決めたから、などと念を押されなくても最初から口を挟む気などない。わたしはビールを飲むというよりはほとんど舌の先に数滴落として舐《な》めるようにしながら、姉の話に相槌を打つ。姉は一気に飲み干し、二缶目のビールを取りに冷蔵庫に向かった。

「あのさ。珠、こっち帰ってきて、一緒に住まへん?」

酒が必要だったのは、わたしではなく姉だった。おそらく、とてつもなく言いにくいことを切り出す勇気を得るために、姉は急いで酔おうとしたのだ。

「病気がわかった時さ、あんたに言うたよね。お母さんの面倒はわたしが見るし、珠はなんにも心配せんでええよ、ってさ」

「うん」

母はかつて、離婚した自分とふたりの娘をなにも言わずに受け入れてくれた。この家に住まわせてくれた恩を返したいのだと、当時、姉は言っていた。

「でもな。やっぱな。思ってた以上に苦戦してんねんな」

「うん」

ふいに、姉が振り返った。わたしの顔をまじまじと見つめ、「かんべんしてよ、って顔に書いてあるで」と皮肉っぽく唇を歪《ゆが》めた。否定できずに、顔を伏せてしまう。

「お姉ちゃんにまかせきりにして、ごめんね。わたしもできるかぎりのことをしたいと思ってる。でもこの家から仕事に通うことはできひん」

考え考え、口にする。この家を出てひとり暮らしをはじめた時の気持ちがよみがえった。こんなにも爽快なものだったのか、と驚いたのだ、わたしは。親と離れるということは、ひとりになる、ということはこんなにも、と。

姉は答えない。立ったまま、グラスに注ぎもせずにビールに口をつける。

長い沈黙ののち「ああ、そう」という呟きが漏れた。

「わたしたちを見捨てるんやな」

見捨てる、という言葉に頬を叩かれ、しばらくのあいだうまく息ができなかった。グラスを握りしめる指先は冷えていくが、それが自分への罰であるかのように握りしめ続けた。

姉はそのまま居間を出ていった。洗面所で水を使う音が聞こえてきた。戻ってきた姉は前髪をピンでとめていた。顔を洗っていたらしく、頬に赤みがさしている。眉毛がなくなっていたが、素顔の姉はきれいだった。きれいで、でも、泣いていたと一目でわかってしまう顔だった。泣かせたのはこのわたしだ。

「ごめん、珠」

姉が小さく洟《はな》を啜《すす》る。

2020年2月

「なんでお姉ちゃんが謝るの」

「あんたをコントロールしようとしたから」

姉は、正面ではなくわたしの隣の椅子を引き、どさりと腰を下ろした。

「見捨てるとか言って。強い言葉を使えば、珠はわたしの言うこと聞くにちがいないって無意識に計算してた。珠はやさしいから。ああもう、最低やん」

「わたしはやさしくないし、お姉ちゃんは最低ではないよ」

八歳年上の姉とは、どんなに喧嘩《けんか》をしてもその日のうちに仲直りした。自然に、ではない。いつだって姉が譲歩してくれていたのだと気がついたのは、ずいぶん大人になってからだ。りんとちことという年の近い姉妹の仁義なき戦いを目の当たりにして、ようやくだ。

「珠はこの家に帰ってくる気はない。それはわかってた。最初からな。これからもわたしひとりで頑張るしかないんや。うん。わかってた」

なにも言えない。姉は「あんたを責めてんのとちゃうで」と笑った。

「わたしがお母さんと一緒におりたいからはじめたことや。いわばわたしのわがまま。でも、つい、あんたももっと手伝ってくれたらいいのに、と思ってしまう。そう思う権利がわたしにはあるんや。でもあんたにも、嫌って言う権利がある」

りんたちは、と言いかけたわたしに向かって、姉は首を横に振る。

「わたしはあの子たちを、介護要員にはしたくないねん。手伝ってくれるのはほんとうにありがたいけど。わかる？」

わかるともわからないとも言いかねて、黙ったままテーブルの上に放置されたお菓子のくずを捨てた。姉はぞんざいに床に置かれたトートバッグから一冊のノートを出して広げた。そこには母の薬の種類と回数、母の言動が日記のように記録されているページがあり、デイケアについて調べたメモがあり、自宅で高齢者を介護した経験のある人々からのアドバイスのまとめなどもある。

「すごいな、お姉ちゃんは」

フン、と鼻を鳴らして、それから姉はわたしをまっすぐに見た。

「あらためて、珠に頼みがある」

「なに？」

「今後、わたしの電話にはかならず出て。どんな日にも、どんな時にでも」

「うん」

「わたしの弱音や愚痴を、ただ黙って聞いて」

泣きそうになりながら「もちろん」と答える。

「気の利いたこと言って慰めようとか、そういうのはいらんから。逆に『いや、なんもしてへんやつが、なにわかったようなこと言うてんねん』って、むかつくから。黙って聞いて。娘たちにも友だちにも同僚にも頼まれへんから、珠に頼んでるんやで」

わたしが罪悪感やひけめを感じずに済むように役割を用意してくれたのだ。それがわかったから、黙って何度も頷いた。

2020年2月

「で、さっそく喋っていい？」

姉は「お母さんの髪のこと」と続けて、おそらく無意識に自分の髪に触れた。姉は昔から、髪を長く伸ばしている。姉もわたし同様に母から「短いのは似合わない。切ったらあかん」と釘《くぎ》を刺されているからだ。

母は髪をおだんごにまとめたあと、崩れないようにハードスプレーで固める。母のいつものやりかただ。でも最近は、自分がハードスプレーを使ったことを忘れて、その動作を繰り返す。がちがちに固まってしまって、洗っても落ちないのだという。出迎えてくれた時に漂ったあのなんとも言えない匂いを思い出して、ああ、と相槌を打った。

「切るしかないねんけど、美容院に連れていこうとすると抵抗すんのよ。ショートヘアは似合わへんから、って」

似合わない。かつて娘たちに向けていた言葉が、母を縛っている。いや、きっとずっと前からそうだったのだ。他人の外見を気にするのは、自分自身がそのことにとらわれているからだ。

哀れだ、と思う。母に対してそんなふうに思いたくなかったのに、そう思ってしまった。

「もうお母さんが寝てるあいだに、勝手に切ってしまおうかな」

冗談っぽく呟いてはさみを動かすような仕草をする姉は笑っているのに泣きそうで、でも「黙って聞いて」と念を押された手前なにも言えなくて、わたしはただ、何度も頷く。

外が騒がしくなったと思ったら、引っ越しがはじまったようだ。今日三階の角部屋に十年以上入っていたエステサロンが退去する、という話は事前に聞いていた。次のテナントは決まっていない。高峰ビルにはもう一年以上空いたままの部屋もあるから、三階の角部屋も同じ運命をたどるかもしれない。高峰には悪いが「ま、しかたないよね」と思ってしまう。だってここ、古くてボロいもんね、と。

大阪市内にはレトロビルがいくつも存在している。大正時代に建てられたような、由緒ある建物だ。わたしには建築のことはよくわからないけれども、それらのビルは古さにこそ価値があり、趣があるのではなかろうか。高峰ビルはただ中途半端に古いだけで、由緒もなにもありゃしない。悲しいけれども事実だ。

パソコンの電源を落として、森くんを待つ。「十二時に迎えに来る」と言っていた。迎えに来ると言っても四階の『かに印刷』から下りてくるだけなのだが。『かに印刷』は、高峰ビルのテナントの中でも最古参だと聞いたことがある。夫婦ふたりではじめた会社だったが、妻の死をきっかけに人を雇うことにした。それが、森くんだった。

森くんは大学卒業後にけっこう大きな会社に就職したが、そこでは「うまくできなかった」という。嫌な上司がいたとか仕事が忙しすぎたとか言わず、自分がうまくできなかったのだと表現するところが森くんらしいな、と思う。

わたしなら、すぐ他人とか環境のせいにしてしまう。というか自分ひとりの努力や発想の転換で、世界のありようを変えることなんてできないのだ。だから森くんも、なんでもかんでもひとりで背負わないほうがいい。

「こんにちはー」

間延びした森くんの声がして、事務所のドアが開く。わたしは鞄と鍵を摑んで立ち上がった。外に出るなり、高峰ビルを見上げた森くんが「あ、木下さんや」と言った。『コマ工房』の窓からわたしたちを見下ろしているしずくに向かって、森くんが手を振る。

「あんな心配そうな顔で見んでも」

わたしが言うと、森くんはふしぎそうに「心配そう？　いつもと同じ無表情に見えるけど」と首を傾《かし》げる。しずくは基本的に無表情だが、その無表情にもいろいろある。そう説明したが、いまいちわかってもらえなかった。

わたしはしずくによく見えるように、手を地面と水平に向けて見せた。「問題なし」という意味だったが、しずくがこのサインを覚えているかどうかはわからない。反応がないので、もしかしたらもう忘れてしまっているかもしれなかった。

「木下さん、もうちょっとニコニコしててくれたら話しかけやすいんやけどなあ」

あきらかに余計なお世話なのだが、言いたいことはわかる。わたしもムスッとしているお客さんよりはにこやかなお客さんのほうが接しやすい。愛想というのは、過剰に振りまく必要はないけれども、適度にあるとかなり生きやすくなるはずだから。

「でもね、森くん」

「なにが『でも』なんかようわからへんけど、なに？」

「そうやって『もっとニコニコして～』とかって言われると、けっこう腹立つかも。御しやすくあれ、と言われてる感じがする」

「え！　そう受け取る？」

「受け取る受け取る」

もう一度しずくのいるほうを見上げたわたしの額を、冷たい雨の雫がぽたりと打った。

「あー、雨降ってきた」

森くんがリュックから折り畳み傘を取り出して、ばさばさと広げる。わたしもそれにならって鞄から折り畳み傘を引っぱり出していると、森くんが笑った。

「永瀬さんはぜったい折り畳み傘持ってるやろなって思った」

「濡れるん嫌やん」

傘をさして、ふたたび歩き出す。

「高峰くんって、いつも傘持ってないよな」

家出る前に天気予報チェックせえへんのかな、としきりにふしぎがる森くんは、当然毎朝天気予報を確認しているという。

「高峰は天気予報なんか見らんよ。降ったら誰かの傘に入ればいいと思ってんちゃう？」

「あ、わかるわ。むしろ、誰かが当然入れてくれると思ってそう」

あー。ねー。そういうとこあるー。頷き合いながら並んで歩く。ときどき傘同士がぶつかる。わたしの傘はうすいグレーで、森くんの傘は黒い。もっと明るい色の傘を買えばよかったと思う。うっとうしい雨の日が楽しみになるような色。つい無難な色ばかり選んでしまっていけない。

「しずくも傘、持ってないことが多いかな」

あー、と森くんがまた頷く。

「でも高峰とちがって、『傘に入れて』とか言わへんの、あの子」

言えないのか、言わないのか、あるいはその両方か。誰にも頼らずに、ひとりでさっさと雨の中を歩いていってしまう。しずくのそういうところがすこしうらやましくて、すこしさびしい。

「前から言おうと思ってたけど、最近あんま一緒におらんな。木下さんと永瀬さん」

なんかあったん、と伏し目がちに森くんが訊ねる。

「ないよ」

「ほんまに？」

森くんはあまり信じていない様子で、ちらりとこちらに視線を送る。

「いやわたしら、もう四十やからね」

十代や二十代の頃ならいざしらず、中年になったらそういつも友人とべたべたくっついていられるものではない。仕事とか、生活とか、そうしたものをやっていくことをいちばんに考えるようになるから。

「しょっちゅう会ったり遊んだりしてなくても、いつもなんとなく気にかけてる。そういう相手は、友だちとは呼ばへん？」

森くんはすこし考えてから、呼ぶね、と頷いた。やろ、と言いはしたが、しずくがわたしをどの程度気にかけてくれているかは謎だった。そんなん考えたってしかたないけどさ、と思ったら小さなあくびが出た。

「疲れてるな、永瀬さん」

「あ、うん。昨日実家に帰ったから」

遅くまで姉の話を聞いて、それからアパートに帰ってきた。若い頃とちがって寝不足がすぐ顔に出る。

通りの街路樹は枝を刈り込まれていかにも寒々しいが、吹く風に揺れる枝を持たない姿は、頼もしくもある。森くんは「あ、そういえば中学校の近くのパン屋さん閉店しとったん、見た？」とマフラーに顎を埋《うず》めて言った。

「急いでたし、よく見てないけど、たしかに開いてはなかった」

中学校の近くのパン屋、とは声の大きい小柄な男の人と背が高くてあまり喋らない男の人がふたりでやっていた店のことだ。イタリア語っぽいおしゃれな店名がついていたが、町の人は誰ひとりとして正確に発音できず（そもそも読めず、覚えられず）、ただ中学校の近くのパン屋さん、と呼んでいた。焼きそばパンやメロンパンが人気だった。ほんとうはハード系のパンを置きたいが売れないのでニーズに合わせている、という話だった。

「もうどっちも七十代で、体力的にも経営的な意味でもきびしいから、って。ぼくが寄った時は閉店の三日前でさ、食パン一斤くれた」

「一斤はなかなか太っ腹やね」

ずいぶん長いこと、わたしは彼らを兄弟だと思い込んでいた。男性ふたりで商売をし、ともに店の二階に住み、いつでも仲が良さそうにしている。ならば兄弟にちがいないと単純に思い込むほどに、わたしは無知だった。日本には同性婚の法律がない。そのことについて、つい最近まで疑問を持ったこともなかった。

「そっか、閉店か」

「駅前もだいぶさびしい感じになったね」

わたしたちがあの町に住んでいた頃には、もうすこし活気があった。文房具の店、書店、喫茶店。「昔はあったけど今はないもの」を数え上げればキリがない。森くんは週に一度実家に寄るらしく、わたしよりもずっとあのあたりの情報にくわしかった。

森くんのお母さんは足が悪くて、お父さんは心臓の病気を患っている。現在実家はバリアフリー工事を検討中なのだが、歳を取ってからは両親ともに細かな書類を読むのを面倒くさがるようになり、森くんが打ち合わせからその一切をひとりでおこなっている。数年前にお父さんが倒れた時は、お母さんと交代で看病をしたという。毎週通院につきそっていると聞いて、ため息がこぼれた。

「大変ね」

「べつに。ぼくひとりっ子やし」

たいした苦労でもない、そういう年齢になったということだと淡々と続ける。

「そういう年齢になったら、親の面倒見るのが当たり前、ってこと？」

「当たり前ではないよ。ぼくがそうしたい、いうだけで」

姉も似たようなことを言っていた。彼らとわたしのちがいは、いったいなんなのだろう。

本人の資質？　親との関係性？

「しずくには縁切ったほうがいい、って言われてしまった」

わたしは姉や森くんのようにもなれないし、しずくのようにもなれない。手袋越しに自分の耳に触れる。大きめのピアスをつけていると、風の音がより大きく聞こえる。歩いているうちに身体の内側は熱を持つが、頬は冷えてかたくなる。

「そうか。強い人やな、木下さんは」

しずくは、ずいぶん昔に父親と縁を切っている。しずくの父がしずくを高峰家に預けたない。「家庭の事情」とは、ひとことで言ってしまえば経済的な理由だ。金がないので育てられない。自分ひとりで食べていくので精いっぱいで、とても娘の面倒まで見られないと、しずくの父は言ったのだそうだ。亡くなったしずくの母は高峰家とは遠い親戚関係にあった。

当時、高峰の父がしずくを預かるにあたってしずくの父に出した条件は、「今後一切、娘には会わない」ことだった。そういう条件を出さざるを得ない人物だった、ということになる。

高峰家の人々は、しずくが二十歳になるまでは面倒を見るつもりだったらしいが、当のしずくはお使いで『コマ工房』に行った際に、地金加工の作業を見て「中学を卒業したら一日でも早く弟子入りする」と言い出し、紆余曲折《うよきょくせつ》のすえに駒さんが用意した寮（たんなるアパートの一室だが）に住み、定時制高校に通いながら『コマ工房』で地金加工の修業をはじめた。そのため、しずくが高峰家に住んでいた期間は実のところ一年に満たない。

しずくの父は、高峰の父との約束を守らなかった。犬のように娘の周囲をうろつき、接触をはかろうとした。だからしずくは、自分の口から「もう会いに来ないで」と告げなければならなかった。その後は一度も会っていないという。

「木下さんのお父さんってさ」

森くんが前を向いたまま、やや沈んだ声で言った。

「昔ちょこちょこ、お金借りに来てたんやて、な。高峰くんのお父さんのところに」

森くんは、しずくが中学卒業後にすぐ高峰家を出たがったのは、そのことを気にしていたからではないのか、とわたしに問う。答えずに、歩き続けた。自分が勝手に喋っていいことではないと思った。

高峰の父のところだけじゃない。しずく本人のところにも来ていた。

お父さんは欲しがる権利のないものを欲しがる。そういう意味のことをしずくは言っていた。お金だけではなく、娘からのいたわりや感謝の気持ちといったもの。血のつながりがあるというだけで自分にはそれを享受する権利があると勘違いしている。だからしずくは、交流をきっぱりと絶つしかなかった。

例のごとく彼女の断片的な発言をひろいあつめて再構築した経緯なので、細部は違っているかもしれない。でもかなり骨の折れる経緯があったことはたしかで、それを他人がつるっと「彼女は強い人だから」で済ませてしまうべきではなかった。

病院の空気はあたたかいというよりは生ぬるい。たくさんの人々の動きに掻きまわされた空気に触れた頬がぴりぴりしてくる。廊下を歩いていると、高峰の病室から女性が出てくるのが見えた。森くんが「あ」と声を漏らす。声にこそ出さなかったけど、わたしも「あ」と思った。なぜここに？　という驚きと理由のわからぬ気まずさ、元気そうだな、という安堵が複雑に入り混じった「あ」だった。

高峰のもと妻の須磨子《すまこ》さんだ。結婚していた頃、高峰は彼女を「スゥ」という気の抜けたような愛称で呼んでいた。

「永瀬珠さん」

須磨子さんは廊下をつかつかと歩いてきて、わたしたちの前で立ち止まった。なぜこの人はいつもわたしをフルネームで呼ぶのだろう。彼女のほうがだいぶ年下なのに、「ヒャイ！」と校長先生に呼ばれた気の弱い生徒みたいな返事をしてしまった。

「すこし、お時間いただけませんか。地下の食堂に行きましょう」

それは打診というよりは命令だった。いやでも、と言い淀《よど》むわたしに一歩近づいてきて「高峰は今、寝てますから。どっちにしろ話はできません」と続ける。

「あ、そうですか。じゃあ……」

2020年2月

行こうか、と森くんを見る。須磨子さんの眉がつり上がった。

「いえ、永瀬珠さんとふたりでお話がしたいので、森さんはご遠慮ください」

森くんはよほど驚いたようで軽くよろめいたが、なんでなん、とかぼくも混ぜてや、と粘ったりはもちろんしない。むしろ、すこしほっとしているようにすら見える。

「……あ、じゃ、ロビーで待ってる。高峰くん寝てるなら起こしたくないし」

ごめんね、と両手を合わせ、エレベーターに乗り込む。扉が閉まる直前、森くんが「食堂ならコーヒーよりココアがおすすめやで」と呑気《のんき》なことを言った。


おれ、結婚すんねん。そう宣言した時のうれしそうな高峰を、よく覚えている。相手は「ひかえめだけど芯の強い子」だと言った。まもなく、須磨子さんは高峰に連れられて『ジュエリータカミネ』にやってきた。都さんが「よっちゃんのお嫁さんになる人にあげようと思って」と言って、ずっと大切に持っていた巨大なルビーを婚約指輪に加工するための打ち合わせだった。

打ち合わせのあいだ、須磨子さんはほとんど喋らなかった。高峰の発言に頷くか微笑むだけで、高峰に「な、ひかえめな子やろ」と耳打ちされたが、わたしにはただ須磨子さんがリフォームジュエリーに興味がないだけのように見えた。デザイン画を見せても「それでいいです」「だいじょうぶです」しか言わなかったし。

須磨子さんは、ブランドに疎いわたしでもひとめでわかるようなものばかり身につけていた。靴もバッグも、イヤリングもそうだった。だからこの人はみんなが欲しがるものが欲しい人なのではないかと感じたのだった。もちろんそれはまったく悪いことではない。なにに価値を見出すかは人それぞれだ。

わたしの印象はそうまちがってはいなかったようで、結婚から十年もたたずにそのルビーは高峰のもとに返却された。

須磨子さんと一緒にいる時の高峰は、なんというか、それはもう、かっこつけていた。王子様みたいなふるまい、とでも言えばいいだろうか。今にも百本の薔薇《ばら》（深紅）の花束を差し出したり、ひざまずいて永遠の愛を誓ったりしそうに見えた。高峰って好きな人の前だとこんなふうなんだなあ、と感心したり、失礼ながらうっすら気持ち悪く感じたりしたことをよく覚えている。

離婚してからスゥは変わった、別人のようになった、と高峰は言っていたのだが、本来の姿を取り戻した、のほうが正しいと思う。窮屈な服を脱ぎ捨てるように、似合わない化粧を洗い流すように、須磨子さんは本来の須磨子さんになった。そして高峰には申し訳ないが、わたしは現在の彼女のほうが好きだ。気を抜くと校長先生を前にした生徒みたいになってしまうのは否めないが、それでも。

強い。視線も、声の調子も、唇の色味も、服も、なんというか、とにかく強い。

高峰と離婚した後、須磨子さんは同性の友人とともにエステサロンを開業した。施術はその友人が、経営は須磨子さんが、という役割分担らしい。

2020年2月

「養育費の振り込みが滞っているんです」

食堂のテーブルにつくなり、須磨子さんはそう言い放った。

「あ……そうなんですか」

督促の電話をかけたら、入院中で振り込みに行けない、すこし待ってほしい、と高峰は言ったらしい。嘘ではないかと疑い病院に来てみたら高峰はたしかに入院してはいた。しかし思ったよりは元気そうに見え、腹立ちまぎれに寝顔に向かってちくちくと文句を言ってやった。病室を出たらちょうどそこにわたしと森くんがいた、とのことだ。

「起こさなかったんですね」

「病人を起こすのはかわいそうですから」

寝顔に向かってちくちくと文句を言うのはかわいそうではないのだろうか。

「なにを言ったんですか？」

「べつに。あなたってこんな人だったのね、最低、とか」

結婚していた頃に言えていればよかったのにと思いながら、なかなか冷めないココアに息を吹きかけた。

結婚していた頃のふたりは、わたしの目には「本音隠し勝負」をしているように見えた。もしくは「猫かぶり競争」でもいい。勝ったところでなんのメリットもないその戦いは、離婚によって幕を閉じた。

「というか、自動送金したらええのに。そしたら忘れることもないし、ねえ」

ねえ、と同意を求めるつもりで須磨子さんを見たが、きっぱりと首を横に振られた。

「離婚する時に、わたしが念を押したんです。かならず毎月自分で振り込んでほしい、と。ですから、高峰が目を覚ましたら永瀬さんからも伝えてください、養育費の件。退院後にかならず振り込むようにと」

かならず、という言葉の圧にたじろぎつつも、わたしは頷いた。

「わかりました。あ、もしあれだったら、わたしが代理で振り込みを……」

須磨子さんの左眉がぴくんとはねた。

「だめです。ぜったいにだめ」

それじゃあだめなんです、かたくなに繰り返す。

「もしかして、振り込むたびに自分を思い出してほしい、みたいなことですか」

おそるおそる問うと、須磨子さんのまばたきの回数が増えた。

「そうなんですか？」

「……違います」

杏梨《あんり》のためです、と娘の名を口にする。

「あの子にとっては父親ですから。わかります？」

「心情的にはよくわかりませんが、事実関係的にはとてもよくわかりました」

「あと、永瀬珠さんは高峰を甘やかしすぎじゃないですか？」

べつに甘やかそうがどうしようがもうあなたに関係ないでしょうとは思うが、言わない。

2020年2月

わたしの目には、須磨子さんはまだ高峰を愛しているように、あるいは愛によく似たなにかにとらわれているように見える。執着や憎しみは愛と同じ木の枝に生《な》る実だ。

「勘違いしないでくださいね、永瀬珠さん。わたしはもうあなたに嫉妬なんかしてませんから」

「いや、そもそも嫉妬される謂《いわ》れはないので」

「わたし、離婚したこと、後悔してませんから」

須磨子さんは口角をぱきぱきに上げて笑い、残っていたコーヒーを飲み干し、慌ただしく席を立った。

あっけにとられたが、わたしもそうのんびりもしていられない。まだ熱いココアをなんとか飲み干し、内科病棟に戻った。エレベーター脇のロビーの長椅子に座っていた森くんが、ほっとしたように立ち上がる。

「ごめん、お待たせ」

「ええよ。だいじょうぶ？　須磨子さんに怒られたん？」

「怒られてないよ。怒られるようなことしてないし」

「でもあの人、なんかいっつも怒ってない？」

「森くんは女の人に『常に笑顔』を求めすぎ」

「べつに女の人にだけと違うけど」

そうやろか、そうやって、と言い合いながら入った病室には、高峰の姿がなかった。乱暴にはねのけたように掛布団が持ち上がっている。トイレだろうか。しばらく待ったが、帰ってこない。

「検査かなんかかな。ロビーの前通らへんかった？」

森くんはロビーに置いてあった雑誌に載っていた漫画をうっかり読みふけってしまっていたので気づかなかった可能性もある、と呑気なことを言う。

「なあ、嫁さん」

振り向くと、向かいのベッドのおじいさんが立っていた。手に缶コーヒーを持っている。わたしと同じく嫁さんではない森くんが「はい」と答えた。

「兄ちゃん、だいじょうぶやろか」

おじいさんが言うには、「さっき見舞いにきたべっぴんさん」が眠っている高峰に顔を寄せてなにごとかを言って去ったあと、いきなり布団をかぶって丸まったのだという。啜り泣きが漏れ聞こえたので、近づいていって「おい兄ちゃん、だいじょうぶか」と揺さぶった。すると、高峰は布団をはねあげ、スリッパもはかずに病室を飛び出してしまったらしい。そっとしといたほうがよかったなあ、戻ってきたらこれおわびに渡してぇや、とおじいさんが森くんに缶コーヒーを押しつけた。

わたしは窓の外の、灰色の空を見やる。こんな天気の日に薄っぺらい病衣一枚と裸足で外に出たとは考えにくいが、「泣いていた」というのが気にかかる。須磨子さんは「寝顔に向かってちくちくと文句を言った」と言っていたが、もしかしたら寝たふりをしてぜんぶ聞いていたのではないのだろうか。

「なんか、嫌な予感する」

眉をひそめた森くんは「行こ」と言うなり、病室を出た。エレベーターをちらりと見たのち、階段を駆け上がりはじめた。慌てて後を追う。

「どこ行くの」

「屋上」

ここは三階だ。森くんがエレベーターを使わないことは知っていたが、七階ぶんの階段をのぼるほどのエレベーター嫌いとは思っていなかった。

「この屋上からでは死なれへんやろな、って」

「え？」

「前に高峰くんが、ぼくにそう言うたことがあるんや。高峰ビルの屋上におる時にな」

わたしは息を切らして階段をのぼりながら、その言葉の意味について考えた。高峰は今まさに屋上から飛び降りて死のうとしている。森くんはそう考えているらしい。

膝ががくがくしだして、思考がまとまらない。ちょっと待って、と情けない声で縋《すが》るわたしを振りきって、森くんはさらに階段をのぼる速度を速めた。

はじめて上がった病院の屋上は、すこし想像と違っていた。人工芝が敷かれ、木製のベンチが数台設置されている。過ごしやすい季節ならばここでくつろぐ人も少なくないのだろうが、今日は人影も見当たらない。白いものが一瞬、視界を遮る。雨が雪に変わったようだった。

中央にあるモミの木には、十二月にはきっと飾りつけをするのだろう。モミの木が巨大すぎるせいで、フェンスにもたれかかるようにして座っている高峰と傍らにしゃがみ込む森くんに気づくのが、すこし遅れた。

「……高過ぎる」

高峰は震える手でフェンスを指さした。健康体でも、これを乗り越えるのは難しかろう。森くんは着ているダウンジャケットを脱いで、高峰の肩にかけて「そうやな、ちょっと高過ぎるな」と頷いた。高峰が、ダウンジャケットに袖を通させようとする森くんに縋りついて、また「フェンスが、高過ぎた」と繰り返した。

森くんは「うん。ほんまやな。これはちょっと高過ぎるなぁ」と相槌を打ちながら、ひょいと高峰の右腕を持ち上げて、袖を通してやっている。左腕も同じようにしたあと、しゃっとファスナーを上げた。

ふだんからお父さんにこんなふうにしてあげてるんやろなあ、と感心するわたしの頬に雪が落ち、ゆっくり溶けて、顎の下に流れ落ちた。高峰は森くんの肩に額をくっつけたまま、長いこと震えていた。森くんもその姿勢のまま、じっとしていた。あまりにも静かで、この世界にわたしたち三人きりになってしまったような気がした。雪はますます激しさを増していき、フェンス越しに見えていたビルや木々をまたたくまに白い靄《もや》の中に隠してしまう。

2020年2月

スマートフォンが振動している。『コマ工房』の電話番号だから、なにか仕事に関する確認の電話だろう。

「あのさ」

すこし悩んでから、わたしは彼らに声をかける。

「ごめん。わたし、先に中に戻る」

森くんと高峰が、ほぼ同時に低く呻いた。

「……考えられへん」

おい永瀬、おれ死のうとして失敗したんやぞ、なんやそれ。薄情にもほどがあるやろ、と高峰が震える声で喚き出し、森くんはまわらぬ舌で「あかった、わ、かっ、た」と言った。唇が紫色になっている。ダウンジャケットを貸したりするからそうなるのだ。

泣く高峰に寄り添うのが森くんのつとめなら、わたしのつとめは、『ジュエリータカミネ』を守ることだ。高峰がいつか今を、この苦しい今を抜け出して、戻ってこられる場所を守るために。だから風邪をひくわけにはいかない。

彼らに背を向け、後ろ手に屋上に続くドアを閉める。肩や髪に積もった雪が溶けて、涙のように流れ落ちて床を濡らした。

結局のところ、高峰がどの程度本気で死ぬつもりだったのかはわからなかった。少なくとも須磨子さんの「ちくちく」はたいした内容ではなかったと、高峰は言う。ただ、小石でも水をあふれさせることはできる。器になみなみと溜まった水であれば、静かに数個沈めるだけでいい。

高峰はわたしを薄情だと詰《なじ》ったが、森くんは「永瀬さんが大騒ぎしたり泣いたりせえへんかったから、ぼくもなんとか落ちついていられたんやで」と笑ってくれた。森くんはあの時、ほんとうは叫び出したいほどこわかったのだそうだ。「考えられへん」と言った瞬間に、高峰の瞳に力が戻ったのが見えたと森くんは言う。それで、ああもうだいじょうぶだ、と思えた。高峰くんは死なない、と。

「ばっさり切っちゃって」

ハッサンが「ほんまにええんやね」と念を押す。鏡越しに、姉に肩を抱かれた母と目が合う。十分前に三人でここにやってきた。ソファーにちょこんと座った母は小さく丸まっている。なにを考えているのか、どの程度この状況を理解しているのか、わたしには判断ができない。ハッサンには事情を話してある。母に髪を切るところを見せたい、という妙な頼みを「ええよ！」とふたつ返事で引き受けてくれた。

はさみが休みなく動き、髪がケープを伝って、床に落ちる。どんどん軽くなっていく。鏡の中の自分は見違えるほどの姿になった、と言いたいところだが、わたしがショートヘアにしたらこうなるだろうな、と想像したのと寸分たがわぬ姿だった。でも、それでよかった。

母は「珠ちゃん、男の子みたい」と唇を尖《とが》らせている。

2020年2月

「珠、かっこいいよ」

ほんまにかっこいいで、と姉が繰り返す。目の縁が赤くなっていた。ハッサンにケープを外してもらい、ソファーに座った母に歩み寄った。

「ねえ、お母さん」

膝を折って呼びかけながら、かたく握りしめられた母の手に視線を落とす。傷だらけのくすんだ指輪が、左手の薬指にはまっている。父の結婚指輪は今も仏壇の隅で埃をかぶっている。

父のカフスボタンをピアスにリフォームしたと話した時、母は泣いた。そんなことするんならあんたにやらんほうがよかったと、わたしを詰った。

「変えることって、勇気がいるよね」

でも生きてるって変わっていくってことなんやでと、それは声に出さずに心の中で続けた。母は病気になって、これからもどんどん変わっていく。でもそれこそが生きているということなのだろう。

姉が母の手に、自分の手を重ねる。姉の指先は荒れ、白くひび割れていた。姉はどのタイミングで移動したのだろう。守られる側から、守る側に。わたしはまだそちらにたどりつけない。

最後のページが破りとられた絵本を手に駄々をこねた頃から、きっとわたしの根っこは変わらない。母の人生の物語の、最後のページを、自分の目で見たい。それは愛情とはちがう、とてもシンプルな「知りたい」という願望だった。

髪を切るところを見せたのは母のためではない。自分のためだ。似合わなくてもいいから、短く切ってみたかった。わたしはもうあなたの言いなりにはならないよ、と宣言したかったのかもしれない。嫌な娘だ。でも、これでいい。

母がわたしの髪にそっと触れた。姉の眼差しが不安げに揺れる。

「お母さんのほうがよっぽど似合うかもしれんな」

母はすこし拗《す》ねたような、甘えたような声で、切ってみようかな、と言いながら鏡に顔を向けた。

2020年2月

2015年12月

なあ。

珠、授業参観の時、教室の後ろにはってあった絵、見たで。お父さん、あの絵、好きや

そう言ってわたしの頭を撫でた父の手は大きくて、すこしざらりとしていた。手首のカフスボタンにはまった黒い石の名を、その頃のわたしは知らなかった。今はちゃんと知っている。

「オニキスのピアス、できた」

事務所に電話をかけてきたしずくは、そう言うなりぶつりと電話を切った。

「あいつ、『ビジネスマナー講習』とか通わせたほうがええんちゃうか」

自分の席でパソコンの画面に見入っていた高峰が片眉を上げる。すぐ隣にいるから、電話のやりとりが聞こえていたらしい。マウスの動かしかたからして、おそらくソリティアをやっているのだと思うが指摘はしない。

「しずくがそんなん行くと思う？」

しずくはもうすこし社会性を身につけたほうがいい。『ジュエリータカミネ』とのつき

あいだけなら構わない。電話のかけかたがなっていなくても「あいつは昔からそういうやつだから」で済ませられる。以前なら駒さんやてい子さんにまかせることもできただろう。でもすこし前から、ふたりは工房に顔を出さなくなっている。しずくが今後自分ひとりで他の依頼主や金融機関、石留めの職人などとうまくコミュニケーションをとれるようになれるとは思えない、というようなことを、高峰はわたしにぐずぐずと、ぐちぐちと、要するに、聞いている側としてはあまり愉快ではない口調で話し続ける。

「本人に言うてよ、そんなん」

うんざりしながら机の上を片付ける。

「おれが言うても聞かへんから、永瀬に言うてんねや」

高峰は頭が痛むのか、こめかみに手を当てている。はあ、と息を吐いて天井に向けた顔に疲労が滲《にじ》んでいる。

「わたし、ちょっと上に行ってくるから」

「ああ、お父さんのカフスボタンのリフォームやったっけ」

「そう」

父が死んだのはもうずいぶん前なのだが、形見分けというものがなされたのはごく最近だった。母が手放したがらなかったのだ。父の肌着とか文房具とか、そんなものすら。カフスボタンを選んだ時から、自分がいつも身につけられるものにリフォームすることは決めていた。母は嫌がるだろうと思ったので、相談はしなかった。

「おれもそろそろ行かな」

不動産部門に顔を出さなければならないらしい。高峰は「ああ、嫌やなあ」と何度も言いながら、のろのろと腰を上げる。わたしは「行ってらっしゃい」と言って、廊下に出た。

『コマ工房』に行くと、しずくが待ち構えていた。正方形の石をゴールドの台座に板爪で固定したピアスは、もちろんわたしがデザインした。

「板爪にしてよかった」

実物をあらためて確認し、何度も頷く。しずくが安堵したように息を吐いた。

石の留めかたにはいくつもの種類があり、留めかたによってまったく異なるデザインのように見せることができる。板爪は爪部分の面積が広く、しっかりと石を固定することができる。石留めはしずくとはべつの専門の職人がおこなうのだが、その人も駒さんと同じ年代なので、いつまで一緒に仕事ができるかはわからない。しずくのような後継者もいない。もったいないよなあ、とわたしは呟く。このすばらしい技術を継ぐ人がいないなんて。

しずくが仕上げてくれた台座もいい。目の高さに持ち上げて、何度も「最高や」「すごい気に入った」と伝える。しずくは無表情のまま頷いたが、ほめられてうれしがっていることは、膝に置かれたそわそわした両手の動きでわかった。事務所に戻ったらさっそくこのピアスをつけてみようと思う。腕時計を見たら、もう十二時近かった。

「あ、そろそろ行くわ。午後から予約入ってるから」

予約の名前は「田村春臣《たむらはるおみ》」。中学の時の美術の先生や、なつかしいやろ、とわたしは言ったが、しずくはべつだん興味を示すふうでもなく、うんうんと頷いただけだった。

「永瀬さん、元気そうですね」

耳たぶのあたりに人さし指を当てる仕草があの頃と同じだった。もう二十年も経っているのに。シャツの袖あたりに絵の具の染みを残しているところも。指摘すると「ああ」と頷くけれども特に気にする様子もない。わたしたちが通う中学に赴任してきた時は「杉村《すぎむら》春臣」という名だった先生は、わたしの在学中に結婚して田村春臣という名になった。かたわらには田村先生の妻の初美《はつみ》さんがいて、「はじめまして、どうも」とにこやかに頭を下げてくれる。

「永瀬さん、その節はお世話になりました」

先生が生徒にする挨拶ではない。ふしぎそうにしている初美さんに向かって「昔な、ある生徒を説得するのに、永瀬さんについてきてもらったことがあるんや」と説明している。ある生徒、とはしずくのことだ。

「そんなこともありましたね」

中学の頃、田村先生に連れられて『コマ工房』を訪れた。しずくとはじめて会話をした日だ。

「元気ですか、木下しずくさんは」

「あいかわらずです」

2015年12月

先生と、先生の妻である初美さんにソファーをすすめ、自分はコーヒーを淹れるために給湯室に向かった。先生はわたしたちが通っていた中学で美術を教えていた。結婚したのは、わたしたちの学年が卒業間近の時だった。

美術の授業は、国語や数学の時間よりも騒がしい。受験に関係がないからかもしれない。先生をからかうのは娯楽のひとつだった。

「せんせー、結婚式の写真見せてよー」

「奥さんってどんなひとー？」

美術室のあちこちからそんな声が投げかけられても、先生はすこしも照れた様子を見せず、静かにしなさいと叱りもしなかった。先生は授業中に「ここはもっと青を足したほうがいいですね」とか「スケッチは今週の金曜日までに提出してください」と言う時と同じ口調で「世界一素敵な人です。そういう人と結婚できて、とても幸せです」と答えた。

ひゅー、と囃《はや》したてる声があちこちから上がったが、いまいちキレが悪かった。どこか居心地が悪く、互いの顔を見合わせてニヤニヤしているあいだに授業がはじまった。

今ならわかる。わたしたちは圧倒されたのだ。おどけるわけでもなく、恥ずかしがるでもなく、真顔でそんなことを言った先生に。大人になるということは余計なものをそぎ落としていくということだ。でも逆の方向に向かう大人もいる。ごてごてといろんな感情やしがらみをくっつけて、身のこなしが鈍重になっていく。田村先生は、そうではなかった。田村先生は「さらりと本音を口にする」というたったそれだけの行為で、中学生たちを黙らせてしまった。他の先生のように怒鳴ったり内申点をちらつかせたりするよりもずっと効果的に、子どもと大人のちがいを見せつけた。

先生の名字が変わったことも、当時の生徒たちに衝撃を与えた。女性の先生が結婚によって変わることはあっても男性の先生はそれがない、と勝手に思い込んでいたせいだ。婿養子になったのでは、とわたしの両親は言ったが、そういうことではないようだった。先生は変わった人、と保護者の間では評価された。やっぱり芸術家みたいな人は変わってるんやね、と。

「変わってる」という表現は便利だ。対象をすばやく切り捨てることができる。もしかしたら自分たちのほうがまちがっているのではないか、などと悩まずに済む。

その先生が、『ジュエリータカミネ』にやってきた。メールフォームに記された予約の目的には「婚約指輪のリフォーム」とあった。

ふたりはそろいの結婚指輪をしていた。『コマ工房』でつくられたもので、わたしはその作業の一部をこの目で見たことがある。なんの飾りもないシンプルなリングだ。

あらためて初美さんを観察する。小鹿のような人だなあ、というのがわたしの第一印象だ。若く見えるというわけではない。若く見せようともしていない気がするのだが、くるくる変わる表情やはじけるような笑い声はまさしく、

「世界一素敵な人」

うっかり声に出して言ってしまった。ふたり同時に「なんですか？」とふしぎそうにわ

2015年12月

たしを見る。

「昔、田村先生がそう言ったんです。授業中、生徒に結婚相手はどんな人かって訊かれて」

覚えていませんね、と先生は首を傾げる。照れてごまかしているわけではなく、ほんとうに覚えていないようだった。初美さんは「あなた、そんなこと言うたん」と先生の肩を軽く叩いて笑った。

「先生の名字が変わったのも、当時中学生だったわたしにとっては衝撃的な出来事でした」

きっと今までに何度も言われてきたことなのだろう。初美さんが、ああ、と頷いた。

「この人、どちらかが変えなければならないなら自分が、って。そらもうあっさりしたもんでしたよ。名字にこだわりがないから言うて。でもそうですよね、やっぱりめずらしかったですよね、当時は」

「今だって、そうかもしれません」

結婚して改姓するのは当然女性。そういう認識の人がほとんどだと思う。わたしだって、田村先生のケースを知る前まではそう思っていた。以前、ある男性に「もし結婚することになっても、わたしは永瀬という自分の姓を気に入っているので変えたくないです」と言ったらわがままだ、と言い返されたことがある。たぶんわたしはあの頃に、結婚への願望が完全に消滅した気がする。でもきっと、男性は姓を変えたくないと言っても、なにも言われないだろう。同じことを言っても、性別によってわがままか否かの判定がわかれるのは不公平だと思った。

「まあ、わたしの場合は漢字一文字変わるだけだったし、そのぶん抵抗も少なかったですけどね」

田村先生がこともなげに言う。この人にとってはほんとうにそうなんだろう。漢字一文字変わる、ただそれだけのこと。

「でも氏名変更の手続とか、面倒でしょう？」

「はい。まあでも、それが人生ですから」

いきなり「人生」なんて言われてまごつく。面倒なことになんとか対処しながらやっていくのが人生、という意味だろうか。そうなのか？

「永瀬さん……は永瀬さんのままですね」

田村先生が先ほど渡した名刺とわたしの顔を交互に見比べる。

「はい。結婚はしていません」

早くいい相手を見つけないと、とかなんとか言われたら嫌すぎるな、田村先生はそんなこと言わへんか、いやでも油断は禁物だ、と警戒レベルを引き上げる。

「そうですか。ところで、このロゴマークのことなんですが」

田村先生がぜんぜん関係ないことを言い出したので、思わず「へ？」と間の抜けた声を発してしまった。

「これです。雫型の」

「ああ、それですか。高峰が考案したロゴです」

おれの親父は宝石を売りに売った、と二十五歳の高峰は、同じく二十五歳のわたしに語った。

おれがしたいのは、簞笥などにしまい込まれて忘れられたジュエリーを新しい姿によみがえらせること。そうやって手から手に受け継がれて、永遠に愛されていく、その手伝いをするってこと。姿が変わっても石も貴金属も残る。それって、自分の仕事がずっと残るってことちゃう？　おれは「永遠」に触れたい、そんなふうに話していたことを、わたしは田村先生には語らない。

わたしたちに雫のモチーフの意味を、永遠についての問いを与えたのは今目の前にいる田村先生だ。それでもなお、高峰がかつて「永瀬にだけ話す」と、手の中の宝物を見せてくれるようにして語った思いを、田村先生といえどもわたしが勝手に喋っていい理由にはならなかった。その思いは、もしかしたらすでに高峰から失われつつあるのかもしれないけれども。

田村先生は名刺に箔押しされたロゴマークをしばらく見つめたのち、目を上げて「永遠は、見つかりましたか？」と言った。

中学の美術の授業でのやりとりを、先生もまた覚えていたらしい。永遠ってなんですか、と先生に問う自分の幼い声が耳の奥によみがえった。いいえ、と首を横に振る。ごまかすみたいに笑ってしまう自分が情けなかった。

「まだです」

「そうですか。わたしもです」

そのあとは、しばらくおたがいのこれまでの話をした。田村先生と初美さんのあいだには子どもがふたり、今は大学生と高校生になっている。先生は今も中学校で教えていて、休日は自分の絵を描く。初美さんも小学校で家庭科を教えていたが、現在は休職している。はっきりとは言わなかったが、どうやら、あまり体調がよくないらしい。

田村先生はしずくが今も『コマ工房』で頑張っていることや、わたしが高峰の会社で働いていることは知っていたが、森くんが高峰ビル内の会社に勤めていることは知らなかったという。それでもかつての生徒がそれなりに元気でやっているのはうれしいようだった。よかった、安心しました、と何度も言う。

「森くんはやさしい子でしたね。周囲をよく見ていて、細やかに気遣いをする」

三年生の時、森くんとしずくは二組で、二組の担任は田村先生だった。日直が書く学級日誌があって、森くんが日直の日は「読みごたえがあった」という。

「読みごたえ、ですか?」

「クラスの誰それがすこし体調が悪そうにしていたとか、二時間目にこういうことがあって、誰それの発言で雰囲気がよくなったとかね、詳細に書いてくれていて」

「へえ」

森くんらしいな、と感心してから、あらためて田村先生が生徒そのものや思い出をよく覚えていることに驚く。自分のクラスの生徒だったからだろうか。わたしと高峰は一組で、担任は社会の先生だった。わたしは美術部だったから、田村先生とは四人の中でいちばんたくさん接したはずだと思う。

「でも、すこし意外でした。高峰くんが永瀬さんを自分の会社にスカウトした、と聞いた時は」

「ですよね。わたしは高峰とちがって地味な、冴えない生徒でしたから」

昔の高峰は、なにかが特別に優れていたというわけではなかった。成績は平均よりすこし上ぐらいで、スポーツは得意だがいちばんではない。でも声がでかくて（つまり発言力があり）まあまあおもしろいことが言える。たとえそれがテレビで見た芸能人の猿真似であっても、臆面もなく口にできる図々しさを持っていることが大事なのだ。

見た目もよかった。背が高くて、顔は俳優のなんとかに似ていると言われることが多く、昼休みに高峰が校庭でサッカーをしていると、ベランダに下級生の女子が鈴なりになった。あの頃の高峰はまるで鱗粉《りんぷん》をまき散らして飛ぶ蝶《ちょう》だった。きらきらと髪をなびかせ、汗を光らせ、笑顔を振りまいた。

わたしはよく言って「いつも絵を描いているおとなしい女子」程度の認識だっただろう。田村先生が「意外」と言うのも無理はなかった。だが先生は「そういう意味ではありません」と首を横に振る。

「高峰くんに感心したんです。彼は意外と人を見る目があるんだな、と」

その言葉の意味を理解するのに、ずいぶん時間がかかった。

「ありがとうございます」

自分でもどうかと思うほどしみじみした声が出てた。わたしの人生の走馬灯にはたぶん、さっきの会話の場面が映し出されることだろう。

「それで、婚約指輪のリフォームを、という話でしたね」

小さく咳払いをして、口調をあらためる。

「ええ、はい」

初美さんが鞄からビロード張りの小箱を取り出した。田村先生は傍らに抱えていたスケッチブックを開く。婚約指輪はもともと、田村先生のお祖母《ばあ》さんのものだったという。カボションカットのアメジストをメレダイヤがぐるりと囲んでいる。

「わたしね、こういうのをつけてみたいんだけど」

初美さんが人差し指で手の甲を何度もなぞるような仕草をする。

「あ、フィンガーブレスレット、ですね」

さすがですね、と田村先生がまばたきをする。

「わたしは、妻に何度説明されてもまったくわかりませんでした」

田村先生が広げたスケッチブックをテーブルに置いた。「指輪　ブレスレット　つながってる」というような単語で検索して、ようやくどんなものかわかったと言う。画像を見て描いたとは思えない立派なデザイン画だった。中指に大ぶりな石のついたリングから注ぐ一条の雨のような細いチェーンが伸び、手首のチェーンは二重になっている。リングが三つのタイプのデザイン画もあり、そちらは手の甲のチェーンが蜘蛛《くも》の巣のように広がり、ところどころにあしらわれたパールが朝露のようだ。今回、わたしの出番はほとんどないかもしれない。

「リング部分に石、でももちろんいいですが、チェーンの部分に配置するのもいいと思います」

説明しながら、絵を描いていく。石を平らな台座に留め、上下にチェーンを伸ばす。初美さんはとても色が白く、プラチナはもちろん似合うだろうがすこしさびしい印象になるのは避けられない。ピンクゴールドで華やかさを添えたい。せっかくならこのメレダイヤも活かしたい。さっそく鉛筆を走らせはじめると、田村先生と初美さんが覗き込んできた。美術部員だった頃に戻ったようで、すこし緊張する。

「永瀬さん、はっきり言ってほしいんやけど、だいじょうぶかな。こんなおばあさんみたいな手につけたら、おかしくない？　なんや、不安になってきたわ」

こんな手で、と初美さんが自分の手の甲をわたしに向ける。いくつも茶色い染みが浮き、指先はひび割れて白くなっている。

「おかしくないです。きっとお似合いだと思いますよ」

わたしのその言葉に反応したのは、初美さんではなく田村先生のほうだった。そうですよね、と身を乗り出す。

「そうですよね。わたしはね、今のこの人の手こそが、いちばんきれいだと思うんです」

染みも手荒れも今日まで生きてきた証や、と田村先生は静かに言い、初美さんの手にそっと自分の手を重ねた。

わたしには結婚願望がない。ただこんなふうに、長い年月をともに生き、老いすらも慈しんでくれる相手がいる、それがどんなに素敵なことかはよくわかる。


楽しい打ち合わせだった。テーブルの上を片付けながら、おいしいごはんを食べたあとのようなため息がこぼれた。わたしが満たされてどうする、という話なのだが、やっぱりこの段階がいちばんわくわくする。フィンガーブレスレットの依頼なんか、めったにない。初美さんが身につけているワンピースやバッグは高価なものではなかった。でも、こまめに手入れをして長持ちさせていることは、見てすぐにわかった。

彼女のような人はジュエリーも大切に使ってくれるだろう。ああ、なんだかとてもいい仕事ができそうだ。鼻歌混じりにコーヒーカップを洗うわたしの背後で「えらいご機嫌やな」と低い声がした。ぎょっとして振り返ると、高峰がのっそりと立っていた。

「あ、おかえりなさい。お疲れさまです」

「ただいま。疲れた。ほんまに疲れた」

不動産部門に顔を出した後の高峰は「ハイハイ言うて、書類に印鑑押すだけ」と言うわ

2015年12月

りに、何十年も履いた靴みたいにくたびれている。

不動産部門には鈴掛《すずかけ》さんと小野田《おのだ》さんというふたりの古株の社員がいる。先代の社長の時代に新卒で入って、それからずっといる、とのことだ。どちらももう五十代だ。鈴掛さんは女性で、小野田さんは男性で、性別のちがいはあるがよく似ている、らしい。ともに毎日地味なスーツに身を固め、レンズの厚いメガネをかけて、毎日職場に弁当を持参する。介護すべき家族がいる。白髪染めを用いない。めったなことでは笑わない。そしてふたりとも高峰のことをうっすらと馬鹿にしている、かどうかは定かではないが、少なくとも高峰はそのように感じている。

おそらくそれは考え過ぎだろうが、まあなにもわかってない小僧が、小童《こわっぱ》が、クソガキが、ぐらいに思われていてもふしぎではないと思う。以前、都さんに高峰家のアルバムを見せてもらったことがある。赤ん坊の高峰が会社の花見で鈴掛さんに鼻水を拭いてもらったり、小野田さんの私物らしいぶかぶかの野球帽をかぶってご満悦だったりといった姿が収まった写真があった。こんな時期から高峰を見てきた人たちに「おれも社長になったわけだから敬ってくんね？」と言ったって、さすがに難しいだろう。

「改修の件、どうなった？」

先日、高峰ビルの三階の廊下で水漏れが発生して、ちょっとした騒ぎになったのだ。調べてみると水道管自体の経年劣化によるものということで、とりあえず応急処置的な修理はしたものの、大規模な改修工事が必要だろうという話だった。

高峰ビルが近年、会社所有のビルの中でも金喰い虫になりつつあるという話は、以前から聞いていた。あちこちガタがきていて、その場しのぎの部分改修を繰り返しながらだましだまし使っている。数年前からテナントの入り具合はせいぜい七割といったところで、改修工事をしても工事費用を回収できるのかという懸念はある。

机に伏せた高峰は「ああ」とか「うう」とか呻くばかりで答えない。またなにか鈴掛さんか小野田さんに言われたのか、あるいはなにも言われなかったのかは不明だが、わたしは親切なので、いたわるためにカモミールのお茶を淹れてあげた。まあ自分が飲むついでなのだが、「わたしは／親切な／人間である」とでも思い込まなければ、この会話が成立しない相手に平常心を保つことは難しかった。

「そういえば、今日予約入ってた田村さんって、やっぱり先生やったわ。田村先生」

ティーカップを机に置きながら、短く報告する。田村先生って誰、と高峰がようやく顔を上げた。

「中学の時の、美術の先生。三年の時結婚して名字変わった、二組の担任の」

「おったっけ、そんな人」

「覚えてないの？　あんな印象的な人のこと。卒業制作の時とか、すごいほめてくれたのに」

「卒業制作……」

「そう。『雫』のレリーフ」

2015年12月

「ああ、うん。永遠、な」

雫は永遠にめぐるっちゅうやつなと呟く高峰の目の下がうっすらと黒ずんでいる。雫のモチーフの意味について、自社のロゴマークに採用するほどに心を動かされておいて、それを教えてくれた人のことは忘れてしまったのか。若干呆れて、一歩身を引いた。高峰の吐いた息にお酒の匂いが混じっていて、思わずまた一歩後ずさった。

「え？　飲んできたん？」

このあいだもそうだった。打ち合わせの時につきあいで、とごまかしていたけれども、なんとなく嘘くさい。ネクタイが昨日と同じなのに今頃気づいて、あ、と声が出た。

「ねえ、もしかして家、帰ってないの？」

「あーもう、うるさいうるさい、静かにしてくれ」

高峰はぞんざいに吐き捨て、カモミールのお茶をほんとうにまずそうに飲んだ。


翌日のお昼、お弁当を持って屋上に出たらしずくが巨大なパンを食べていた。ちゃんとテーブルと椅子があるのに、なぜか鉢植えの隣に体育座りをして、もぐもぐと口を動かしている。

「なにそのパン」

「安かった」

十字の切れ込みの入った、ライ麦のパンのようだった。かたくてそっけない味がするであろうそのパンを、なにもつけずに、まずそうでもおいしそうでもなく、ただただ咀嚼《そしゃく》し続ける。

「隣いい？」

「うん」

しずくが身体を横にずらす。ハンカチを敷いて座ったが、それでもぎょっとするほど冷たい。保温容器のスープに口をつけながら、「なんでこんな寒いとこでパン食べてんの」と訊ねた。

「空。空見ながら食べたかった」

しずくにつられて、わたしも顔を上げる。冬特有のうすい青に、筆ですっすっと描いたような雲が浮かんでいる。風に乗って、能天気なクリスマスソングが聞こえてきた。

「永瀬さんは、なんで」

高峰を見ているのがしんどくて屋上に逃げてきたとも言えず、保温容器を持ち上げる。

「あったかいものを寒い寒い外で食べるとおいしいからや」

しずくは「ふうん」と怪訝《けげん》そうに頷く。

「あべのハルカス、って行ったことある？」

しずくが唐突にわたしに訊ねるので、驚いて首を横にぶんぶん振った。

「去年できたやつやろ。なんで？」

新しいものが好きな人とか、しょっちゅうどこに行ったかとかなにを食べたかとか話し

2015年12月

ているような人から同じことを言われたのならなにも驚かないが、相手はしずくだ。

「いや、高いところは空に近いのかなあ、と思って」

わたしはしばらく考えて、たいして変わらんのんとちゃう、と答えた。地面は遠くなるかもしれないが、しょせん人間がつくった建造物だし、空にはとうてい届かない。

「わたしは、人多いとこはあんまり好きちゃうしな。行かんような気する。あ、森くんなら……森くんも行かへんか」

けっこうあちこち夫婦で出かけるという話を聞いているが、高いところは無理だろう。エレベーターに長いこと乗らなければならないだろうから。しずくが「なんで？」と問う。わたしは「あー。なんとなく、そう思っただけや」とごまかした。

「話変わるけど、その後、どう？　連絡とか」

主語を省いたが、しずくは父親のことを問われているとすぐにわかったようだった。

「連絡ない。姿も見せない」

「そっか」

表情の変化に乏しいしずくの横顔を見やって、よかった、と呟く。しずくは無言で頷いた。

それから、黙って昼食をとった。しずくは沈黙が続いても気にするそぶりを見せないし、わたしも無理に会話をしようとはしない。黙っていたい時に黙っていられるというのは、いいものだ。

タイムカードを押してからスマートフォンを開いたら、母からの《たまちゃん　ごはんちゃんと食べてる⁉⁉　野菜もちゃんと　とらなアカン》というメッセージが届いていた。去年姉にすすめられて「らくちんスマホ」だかなんだかいう高齢者向けのスマートフォンを買った母は、文字を打つ練習と称してこうしたメッセージを頻繁に送ってくる。「野菜」と「も」のあいだにトマトとブロッコリーと、なぜか落花生の絵文字が挟まっていた。とりあえず絵文字は打てるようになったらしい。落花生の意味が気になったが、もしかしたらジャガイモと見まちがえた可能性もある。《食べています、ありがとう、お母さんも身体に気をつけてね》と返信し、バッグの奥底に押し込んでから、スーパーマーケットに向かう。

母は「ちゃんと」という言葉をよく使う。昔は「珠ちゃんもちゃんとした人と結婚して、ちゃんとした家庭を持たないと」とよく言っていたが、姉が離婚してからは一転、「結婚だけが女の幸せではないのかもしれんね」と言うようになった。現在わたしに求められている「ちゃんと」は、つつましく生活し老後に備える、というようなものなのかもしれないなあと思いながら野菜や肉を選んでカゴに入れていく。自分が好きなものを好きなように食べたいから自炊をしているだけで、「ちゃんと」はしていない。たまに三日連続でチキン南蛮を食べたりするし、彩りのレタスすら添えないこともしばしばある。

鮮魚コーナーで刺身用のサーモンのパックに二十パーセントオフのシールがはられてい

るのを発見し、やったーと叫びそうになる。サーモンのカルパッチョにしよう。カルパッチョ。カルカルカルカルパッチョー、と即席の歌を歌いながら青果コーナーをめざす。

お総菜コーナーに森くんの姿を発見した。腕組みして、こころもち首を傾げている。隣には森くんの妻ミコちゃんがいた。声はかけずに通り過ぎる。総菜選びの邪魔をしたくなかったというのもあるし、今ミコちゃんに会ったらうっかりあのことを喋ってしまうかもしれないからだ。森くんはわたしを「口がかたい人」と評しているけれども、それはたんなる努力の結果なのであって、わたしもうっかりやらかすことはある、人間だから。

「あのこと」というのはすこし前に森くんからオーダーされたバングルのことで、森くんはそれを結婚記念日に渡すのだとはりきっている。スリーピングビューティーターコイズをあしらったバングルは、もちろんわたしがデザインした。アメリカのアリゾナ州にあるスリーピングビューティー鉱山で産出されるターコイズは、世界でもっとも美しいと言われている。数年前に閉山したため流通量が減少し、価値が上昇しつつある。でも森くんにとってはそういうことはどうでもよくて、澄みわたった空のような石の色がミコちゃんに似合うと思ったからだと言っていた。

昔、まだずっと若い頃、森くんとミコちゃんがまだ恋人同士だった頃に、彼女へのプレゼントを選んだことがあった。なつかしい。あの頃の森くんはたぶん人生で最悪な時期で、でもその頃も今も、ミコちゃんがずっとそばにいる。

家に帰って手を洗い、サーモンを均一な厚さに切り分けることに集中している時に電話が鳴り出した。無視しようかと思ったが、そうもいかない。濡れた手を拭いて、電話に出た。

「あのさ、明日って予約入っとったっけ」

わたしがなにか言う前に、高峰が喋り出した。

「入ってない。志保さんの予約は来週に変更になった」

返事はない。代わりに、ひーん、と子どもの泣き声が聞こえると、おそらく受話器を押さえるかなにかしたのだろう、ごそごそした音のあとに、なだめるような高峰の話し声が聞こえてきた。杏梨ちゃんが夕方から熱っぽくてとりあえず朝病院に連れていくので、明日は遅くなるかもしれない、と言う。

「了解です。大変やね」

須磨子さんの甲高い悲鳴が聞こえたのち、電話は慌ただしく切れた。

このあいだ、須磨子さんが突然事務所にやってきた。なんだか青い顔をしていて、わたしが出した紅茶を疑わしそうに見つめていた彼女を思い出し、気分が暗くなる。

「高峰は、浮気をしているんじゃないかとわたしは思っていて」

須磨子さんは思いつめた表情で、わたしを見据えた。家に帰らない日が続いている、というのがその理由のようだった。

「それでその、その相手は、永瀬さんじゃないのかなって」

須磨子さんの言葉がそう続いた時、思わず「またか」とため息がこぼれた。

そうした疑いを向けられるのは、はじめてではなかった。高峰の歴代の恋人たちはみな、最初はわたしの存在に警戒心を抱く。続いて実物のわたしを見て、美しい女ではないことに安堵する。しかしまたすぐに「近過ぎる」と文句を言われるようになる。

これまで高峰の恋愛は長続きしなかったので、たいした問題は起こらなかったし、わたしも知らん顔をしていた。しかし妻である須磨子さんから疑惑を向けられるとなると、話はべつだ。ありえません、と強く否定した。そうですか、と須磨子さんは言ったが、納得したようには見えなかった。

翌朝は、すこし早めに出勤した。たまっていた書類作業を片付けたかったのだ。領収書を整理し、鈴掛さんにいつでも渡せるよう、封筒に入れた。出納の記録はわたしがつけているが、それ以上の経理は彼女がまとめておこなう。『ジュエリータカミネ』の赤字を不動産で補っている（ので倹約にはげむがいい）とやんわり釘を刺されることもある。わたしに言われてもな、とは思うのだが、高峰はその百倍も口やかましく言われているようだ。小言を言われるたびにうんざりした表情を見せるわりにはあてつけのように突然高い椅子や撮影機材を買ったりして、また鈴掛さんに呼び出される、ということを何年も繰り返している。小僧だ、小童だ、クソガキだと思われてもしかたない甘さがあるし、厄介なのは高峰自身に鈴掛さんや小野田さんに甘えている自覚がないことだ。

十一時頃、事務所のドアが開いた。入ってきた高峰に挨拶しようとして、思わず「えっ」と叫んでしまう。高峰は杏梨ちゃんを抱っこしていた。

「いや、もう熱はないねん」

ないのだが、念のためゆっくりしたほうがいいという話になったという。須磨子さんは今月はすでに二度仕事を休んでおり、困っているようだったので自分が連れてきた、という。

「でもおれも、予定あるからさ」

予定ってなに、と訊ねながら、さてはこいつ事務所を託児所がわりに使おうとしているな、と身構える。以前にも同じようなことが何度かあった。

「予定は予定や」

高峰は杏梨ちゃんをソファーに座らせた。

「なんの仕事？　打ち合わせとか？　ねえ、ちょっと、無視せんといて」

「杏ちゃん。パパ今からお出かけせなあかんねん。永瀬の姉ちゃんと、ここで待っててくれるか？」

「いや、ちょっと待ってって。今都さん呼ぶから」

わたしは高峰の実家に電話をかけようとして、でも都さんが来るとよけいわたしの仕事が増えそうな気もして、受話器を戻した。

「永瀬は子どものあつかい、おれより慣れてるやろ」

高峰の言う「子ども」とはおそらくわたしの姪《めい》たちのことなのだろう。たしかにたまに子守りには行ったし、運動会や発表会を見に行ったこともある。しかしそれと撮影機材やサンプルなど、子どもが触ってはいけないものだらけの事務所で社長の娘を預かることとは、天地ほどの隔たりがあった。

杏梨ちゃんはタブレットに夢中で、父親の話をふんふんと聞き流している。

「永瀬、これ冷蔵庫に入れといて」

ピンクのトートバッグを押しつけられた。パンとヨーグルトとバナナ、ビスケットの箱が入っていた。入れるのってヨーグルトだけやんな、バナナは常温、わたしバナナ食べへんからわからへんけど、え、あれ？　冷やしたほうがええの？　いつもどうしてんの、とわたしが冷蔵庫を覗き込みながら喋っている隙に、高峰は事務所を出ていってしまった。

「あっ！　もう！　クソ！」

幼児のいる場所で発するべきではない悪態をついたことを恥じながら、カメラや、テーブルに広げていたサンプルのケースをそそくさと棚にしまっていると、杏梨ちゃんがタブレットから顔を上げた。

「ね、パパは？」

こっちが訊きたいわ、と思いながら、「パパは仕事でお出かけしたよ」と説明する。杏梨ちゃんの顔がわずかに歪んだ。あ、泣くぞ、と焦り、歩み寄って膝を折り、目線を合わせた。

「わたしのこと、覚えてる？　このあいだもここに来たね。一緒に折り紙したん、覚えてへんかなあ」

杏梨ちゃんは小首を傾げ、なにも答えなかった。パパは、とまた同じことを言う。お仕事やからね、と繰り返すと、本格的に泣き出した。

「ちゃんと帰ってくるからね。だいじょうぶやで」

宥《なだ》めても、まったく泣き止んでくれない。わたしは途方にくれたが、じきにあきらめて時が流れるにまかせた。とはいえ仕事はまったく手につかない。わたしの集中力は子どもの泣き声に耐えうるほど頑丈な設計にはなっていない。

やっぱり高峰の実家に電話しようか。いやでも、なんらかの事情でそちらに預けられなかったからここに連れてきたのかもしれない。それに、あの年がら年中ショッピングだ観劇だと遊びまわっているマダムミヤコがつかまる保証もない。

ソファーの端に移動し、天井を仰いで泣いている杏梨ちゃんを見つめる。ちらりとこちらを見たタイミングで、すかさずティッシュの箱を差し出した。杏梨ちゃんがいっぺんに五枚も六枚もティッシュを抜き取って目にあてるので、「さすが幼児、消耗品のあつかいに躊躇《ちゅうちょ》がない」と妙なところで感心する。

「つらいやろうけど、あなたはここで待つしかない。少なくとも今はね」

泣き声がいっそう大きくなる。

「ままならぬものですね。大人の事情で、あちらへこちらへと預けられる。そりゃ泣きたくもなりますよね」

ままならぬのが人の一生。言いながら、自分で納得した。

2015年12月

「ええよ。好きなだけ泣いて」

なぜか杏梨ちゃんは、それを聞くなりぴたりと泣き止んだ。うさぎのワッペンつきの靴がぷらぷらと揺れている。

「ソファーを汚したくないな。自分でその靴、脱げる？」

「……脱げる」

「あら、えらい。その靴、かわいいね。ポピーちゃんやな」

右耳にオレンジ色のお花をつけたうさぎの名は、ポピーちゃんという。妹の名はデイジーちゃん。杏梨ちゃんはタブレットを開いて、ポピーちゃんのゲームを見せてくれてる。画面上のつみきを指で動かすとか、キャンディの数を数えるといった他愛ないゲームだ。手慣れた様子で操作する杏梨ちゃんを、「うまいね」「よっ、デジタルネイティブ！」などとおだてているうちに、十二時になった。

応接セットでお昼をとることは禁止されているので、自分の席で食べなければならない。杏梨ちゃんを高峰の椅子に座らせ、わたしの机まで押していった。それがおもしろかったようで「もういっかい」「もういっかい」とせがまれ、彼女を乗せた椅子を押して事務所内を二周することになった。笑い声を上げてはしゃぐのでもっとやってあげたくなるが、さすがにお腹が減った。

「ごはん食べようね」

高峰が持ってきたパンを皿にうつし、ヨーグルトとバナナを添える。杏梨ちゃんはしばらくおとなしく食べていたが、ふいにわたしのお弁当を覗き込んできた。これなあに、とつくねを指さす。鶏の挽肉《ひきにく》にお総菜のひじきの煮物とお麩《ふ》を混ぜ込んで成形して焼いたものだ、と馬鹿正直に説明すると、杏梨ちゃんが「食べたい」と言い出した。

「うーん、でもなあ」

鶏肉だし、ひじきの煮物には大豆も入っている。つなぎに卵も使った。アレルギーがあるという話は聞いたことがないけれども、「聞いたことがない」は、アレルギーはないと判断する根拠にはならない。

「ちょっとあなたのお父上に確認するからね」

「おちちゅーえってなに？」

「パパの和風の呼びかたやで」

「わふー？」

知らない言葉はすぐさま確認する。すばらしい姿勢だとは思うが、今はそこまで説明する気力がない。高峰に電話をかけたが、出なかった。すこし迷ってから、須磨子さんに電話をかけた。高峰になにかあった時のために番号は教わっている。

須磨子さんは三コールめで電話に出てくれた。もしもし、と応答する彼女の背後で複数人の話し声と音楽が聞こえた。昼休みの時間帯だから、同僚と外でランチでもしていたのかもしれない。

わたしが状況を説明するあいだ、須磨子さんはなにも言わなかった。相槌すら打たない。

あの、聞こえてますかね、と確認するとようやく「はい」と短く返答があった。

「そういうわけで、アレルギーがないか訊きたかったんですけど」

「わかりました。すぐにそちらに行きます」

「え？」

会話が成立していない。いやあの、と言いかけたが、電話はもう切れていた。

なにかまずいことをしでかしたような気がする。急いでお弁当の残りを掻き込んだが、味はほとんどわからなかった。つくねは杏梨ちゃんが「やっぱりいらない」と言い出したので、結局ぜんぶわたしが食べた。

須磨子さんに電話をしたことを高峰に伝えたほうがいいだろうか。お弁当箱を洗いながら考えていると、事務所のドアが二度のひかえめなノックのあと開かれた。しずくが顔を覗かせている。

「今、ちょっといい？」

いいよ、と言いながら、なにごとだろう、と思った。現在、しずくに依頼しているオーダーはふたつある。初美さんのフィンガーブレスレットもお願いすることになるだろうが、それはまだ先になるし、おそらくその頃にはふたつとも終わっているだろう。濡れた手を拭きながら、すぐ行く、と告げる。

しずくはソファーに向かおうとして、そこに寝そべるようにしてくつろいでいる杏梨ちゃんに気づいたようだった。早足でこちらに近づいてきて、縋るような目をわたしに向ける。

「杏梨ちゃん、すこし場所空けてくれる？」

杏梨ちゃんはまたポピーちゃんのゲームをやっていた。画面から顔を上げずに、ずるずるとソファーの端に寄る。座って、と声をかけるが、しずくはあからさまに腰が引けていた。

「どうしたん」

どうしてもソファーに座ろうとしないので、しかたなく立ったまま話すことにした。しずくは書類封筒を手にしている。これ教えてほしくて、と目を伏せた。火災保険に関する、ごく簡単な書類だった。

しずくは書類仕事がとにかく苦手らしく、新しい口座をつくるとか住民票をとるとか、その程度のことにも人の三倍の時間がかかる。

「これはね、署名して印鑑押すだけ」

ひとつひとつ指さしながら説明するが、しずくは三秒おきに杏梨ちゃんに視線を送ってはそわそわと手まぜをはじめる。ちょっといったん落ちついてよ、と言おうとして、そこでようやく、しずくが子どもをひどく苦手にしていたことを思い出した。苦手というよりはこわがっている。

以前玄関ホールで三階の英会話教室に通っている小学生たちに囲まれた時も、様子がおかしかった。しずくはその時作業台を抱えていたので、小学生たちがめずらしがって質問ぜめにしたらしい。それなにー？　椅子？　なんに使うん？　しずくは「あ」とか「わ」とか呟くだけでなにひとつ答えられず、完全に怯え切って、震えていた。わたしがたまたま通りかかったからよかったようなものの、どうするつもりだったのだろうか。

「なんなん、ただの子どもやんか」

わたしのその言葉は、しずくの耳には入らないようだった。

「やっぱり、今度でいい」

しずくは書類を摑んで、逃げるように事務所を出ていこうとする。

「そんなにこわい？」

廊下まで追いかけて、しずくに訊ねる。

「こわい」

「なんで」

「傷つけそう」

お父さんみたいに、としずくが小声で続ける。え、と訊き返した時には、しずくはもう歩き出していた。

傷つけそう。お父さんみたいに。たしかに、そう言った。しずくが恐れているのは、子どもそのものではなく、子どもと接する時の自分なのだ。軽率な質問を後悔しながら、事務所に戻る。

「杏梨ちゃんにはこわいものってある？」

「ない」

「それはすごいな。おばけとかもだいじょうぶ？」

「おばけはジッザイしません。ママがそう言うてたもん」

ということは、須磨子さんは「早く寝ないとおばけが来るよ」と言って子どもを脅すようなことはしないということだ。

「杏梨ちゃんのお母……ママは素敵な人やね」

その後は、コピー用紙に絵を描いて遊んだ。絵はわたしが他人に誇ることのできる唯一のものだ。杏梨ちゃんに乞われるまま、ポピーちゃんやデイジーちゃんを描く。

「他に、なんか描いてほしいものある？」

「ママ」

すこし考えてから、鉛筆を走らせはじめる。人間を描くのはひさしぶりだ。

「わたしさ、漫画家になりたかったんや。昔むかしの話やけど」

言ってから、漫画家ってわかる？　ていうか漫画って読んだことある？　と確認した。杏梨ちゃんが読んでいる雑誌に漫画が載っているのでわかる、とのことだ。幼児雑誌かと思ったらどうも小学生向けのファッション雑誌らしい。メイクのこととか載ってる、と聞いて仰天した。わたしなんか、はじめて化粧をしたのは高校を卒業した後のことだ。それもバイト先のファミリーレストランで、「お化粧は社会人のマナーやで」と叱られてこわごわはじめたのに、今時の子はこの年齢から顔面に白粉《おしろい》や紅をのせることを推奨されてい

2015年12月

るのか。

「昔から絵を描くのが好きやったからね」

いくら絵が好きだとて「画家」は無理だと思い、でも漫画ならいけるかもと思うあたりが、無知と傲慢のコンボという感じで、なめてんじゃねえよと昔の自分に言ってやりたい。

「でもお話を考えるのが難しくて。ほんならイラストレーターかって思ったりとかして」

美大とか行きたいな、とぼんやり憧れていたのだが、いろいろあってデザイン系の専門学校に進んだ。服飾ではなくジュエリー課程に進んだのは、そちらのほうがやや就職率が高かったからだ。にもかかわらず、就職活動は全敗した。

昔の話をしていたせいか、やや少女漫画風の須磨子さんになってしまった。わたしが中学生だった頃に夢中で読んでいた少女漫画風の、という意味だ。つまりちょっとタッチが古い。

「これ、ママ」

「そう。似てる?」

「かわいい」

杏梨ちゃんは絵をじっと見ていた。

「どうやったらそんなふうに描けるようになるの」

「わたしは有名な画家の絵を写したり、真似したりして練習してたで」

子どもの頃は写し絵が好きだったし、中学でも高校でもよく模写をやっていた。ええー、と杏梨ちゃんが身を捩る。

「人の真似したらあかんねんで」

「それもママが言うたん？」

杏梨ちゃんは「んー」と言ったっきり黙ってしまって、答えない。

「でも、練習ってそういうことやで。人の真似からはじめるの」

「そうなん？」

「そう。オリジナリティって、徹底的な模倣のあとに生まれるから」

「オリジナリティ」と「模倣」について説明すべきか迷っていると、杏梨ちゃんはわたしの絵を傍らに引き寄せて、鉛筆を握った。わたしの絵を真似ようとしているらしく、ちょっと描いて、じっと絵を見つめる、の動作を繰り返す。

杏梨ちゃんの唇がかすかに尖っていて、ああ集中しているんだな、と知る。おやつを食べようと誘おうとしたが、邪魔してはいけない気がする。

子どもを産みたいとか、欲しいとか考えたことは一度もなかった。それでも、こういうのっていいな、とは思う。こんなふうに、自分の持っているなにかをそっと手渡すように、あとからこの世に生まれてきた人に、なにかひとつでも伝えることができたら。

杏梨ちゃんが鉛筆を握ったまま、わたしの腕に顔をこすりつける。猫みたいなことするなあと思いながらされるがままになっていたら、やがてわたしの膝の上で寝息を立てはじめた。すっかり忘れていたが、まだ昼寝が必要な年齢なのだ。慎重に身体をずらし、ソ

2015年12月

ファーに寝かせた。

今のうちに仕事だ、とスケッチブックを開くと、事務所のドアがノックされた。しずくではない。音でわかる。

須磨子さんが入ってくる。すぐ行きます、と言っていたがおそらく仕事の都合がつかなかったのだろう。ずんずん近づいてきて、杏梨ちゃんが寝ているのに気づくとすこし困った顔をした。

「申し訳ありません」

がばり、と頭が下がる。肩のあたりでCの形にカールした髪が揺れた。

「須磨子さんが謝ることでは……」

カモミールのお茶を淹れながら、言葉を濁す。

「永瀬さんは、やさしいですね」

いえそんな、と謙遜しかけたが、「だから高峰も、あなたには甘えるんでしょうね」と険のある声が続いたので、ほめ言葉ではないと気づいた。

杏梨ちゃんの寝息が聞こえるほどの静けさが事務所内を満たす。やがて須磨子さんが片手で顔を覆って「すみません」と消え入りそうな声で謝った。わたしは黙って、紅茶碗を彼女の前に置く。

「八つ当たりです。すみません」

「気にしてません。だいじょうぶです」

前も言いましたが、わたしと高峰がどうこうとかありえませんよ、と言い添える。

「わかってます。さすがにもう、それは、よくわかりました」

須磨子さんが杏梨ちゃんの頭をそっと撫でた。顔色がすぐれないことに、今さらのように気がついた。子どもを育てながら働いているのだ、疲れていないわけがない。

「ちょっと休んでいきませんか、ここで」

「え」

「わたし、あっちで絵描いてますから」

膝かけをとってきて、渡す。押し問答の末に、須磨子さんは立ち上がろうとして、ふたたびソファーに倒れ込んだ。立ち眩《くら》みを起こしたようだ。おそらく、いろいろと限界なのだろう。

「じゃ、十分だけ」

「そうしてください」

背もたれに身体を預け、目を閉じている。じつは朝からずっと頭が痛かったと言う。

机の下で、高峰にメッセージを送る。早く帰ってきて。でもしばらく待っても、既読を示す表示は出なかった。須磨子さんに視線を送る。どれほど疲れきった様子でも、やはり彼女はきれいだった。

「永瀬さんは、高峰と恋愛関係になったことは、一度もないんですか？」

まだ言うか、と呆れながら、辛抱強く「ないです」と答える。

「好きだと思ったことは？」

「ないです。一度も」

「どうして？」

どうしてって、と繰り返して、絶句する。容姿と人当りがよくて、会社を経営していて実家もお金持ち。高峰を構成する要素だけを抽出するとほんとうにこのうえなく魅力的な人物像になる。そんな男のそばにいてどうして好きにならずにいられるのかと、どうやら須磨子さんは本気で思っているらしい。

「ええと、あの、妻である須磨子さんには失礼かもしれませんが、わたしは高峰って、そんなにいい男だと思わないです。寒かったり、お腹空いたりするとすぐ不機嫌になるし」

さびしがりやなところもうっとうしいし、食べものの好き嫌いも多いし、面倒くさいことを人に押しつけてくるし、と数え上げればキリがない。ひとしきり文句を言い終えたわたしに、須磨子さんが「ちがう人の話みたい」と呟いた。

「わたしの知ってる高峰と、まるきり別の人みたい」

かっこつけてるんですよ。と言おうとした。須磨子さんが好きだから、いいところを見せようとして精いっぱいかっこつけてるんです、そういう男なんです、と言おうとして、でも言えなかった。

須磨子さんがそれで納得するとは思えなかったし、そんなことを言ったらこの人はきっと「永瀬さんは、わたしより高峰を深く理解しているんですね」とかなんとか言って、また落ち込みそうだ。

「永瀬さんには見せられるんですね、あの人。だめなとこも、嫌なとこも、ぜんぶ」

ああそう来たか、とため息が出た。なにを言っても言わなくても、わたしにはこの人を安心させることができない。

「ちがうんです、高峰はきっとあなたが大好きで、だから」

必死に言ったが、須磨子さんはもうほとんど聞いていなかった。好きだから、好かれ続けたいから、本音を言えない。なんて面倒くさい人たちなのだろう。

わたしね、と須磨子さんが両手で顔を覆って、ひとりごとのように話しはじめた。

「どうしても、高峰と結婚したかったんです」

震えた声が、指のあいだから漏れる。

「好かれたくて、結婚してほしくて、必死であの人の好みに合わせてたんです。猫かぶってた自覚はあります。わたし、ほんとはやきもち焼きだし、だらしない性格です。宝石とかぜんぜん興味ないんです」

服だって、と自分が着ている白いシフォンのブラウスとパステルブルーのフレアスカートを見下ろす。

「こういうのぜんぜん好きじゃない、でもあの人の好みがこうだから。馬鹿みたい。永瀬さんから見たら、馬鹿みたいでしょ、わたしみたいな女って」

「そんなことはぜったいにないです」

欲しいもののために、自分の好みまで捨てる、なんとしてでも手に入れようとした、そのひたむきさが、わたしにはまぶしい。

「わたしなんて、自分がなにをどうしたいかもよくわかってなくて、まちがえてばっかりでしたよ。三十歳ぐらいまでずっと。いや、今もかも」

須磨子さんの返事はなかった。喋らなくなったなと思ったら、そのまま眠ってしまったようだった。

ふたりの寝息を聞きながら、なるべく音を立てないように書類の整理をはじめた。今わたしに言ったことを、須磨子さんはそのまま高峰に言えばいいのに、と思うが、きっと須磨子さんはぜったいに言わないのだろう。

もう一度、高峰に電話をかける。今度は、七コールめでやっと出た。廊下に走り出て、小声で問う。

「なにをしてんの?」

いったいどこにいるのだろう。電話口からは、風の音だけが聞こえてくる。誰かと一緒なのか、と耳を澄ませたが、他の人の気配は感じられない。

「ああ、今、ええと」

高峰がなにか、言い訳じみたことを口にしかけた。今ちゃうわ、と声を張り上げる。

「今だけの話とちゃうねん。ずっとずっと、なにをしてんのよ、なにしてたんよ、あんたはいったい」

呼吸を整えてから、須磨子さんが来ていることを伝える。長い沈黙のあとに「しかたないやん」と弱々しい声がした。

「息がつまる」

「え?」

スゥとおったら息がつまる、と高峰はそう言った。

どうしてこうなったのかわからない。すべて手に入れたはずなのに、なにひとつ自分のものではないように思える、ボタンをかけちがえたように、どんどんずれていくという高峰の訴えが、わたしには理解できない。

「おれは、どうしたらいい?」

知らん、とか、わたしに訊くな、とか、馬鹿なのか? とか、いろんなことを思ったけれども、口に出せたのは「とにかく、はよ帰っておいで」だけだった。須磨子さんたちが起きる前に高峰がふたりを迎えに来られたら、なにもかもぜんぶうまくいくんじゃないかと思った。そして、三人はいつまでも幸せに暮らしました。そんなおとぎ話のような素敵な結末を迎えられるんじゃないか。馬鹿げた妄想だと思いながらも、わたしは「帰っておいで」と繰り返す。高峰はなにも答えず、電話を切った。

杏梨ちゃんが目を覚ましたらしい。事務所からの「ママ、ママ」とうれしそうに甘える声を、背中で聞いた。

2015年12月

そのあと高峰がちゃんと家に帰ったのか、須磨子さんと話をしたのか、わたしには知ることができなかった。高峰はなにも訊ねてくれるなという雰囲気を全身から発していたし、以後は『ジュエリータカミネ』に顔を出さずに、仕事の指示はメールで送られてきた。

田村先生から依頼されたフィンガーブレスレットがようやく仕上がって、今日はその受け渡しの日だった。高峰にも同席してほしかったのだが、連絡が取れないのでどうしようもない。

ケースを開けた瞬間、初美さんが小さく息を漏らした。不満の吐息ではないことは、うるんだ瞳を見てわかった。

ピンクゴールドのアメジストのリングから手の甲を伝って、ブレスレットに細いチェーンが三本伸びている。三本のチェーンにはそれぞれメレダイヤを不規則に配置した。手を動かすと、雨粒のように小さな石が輝く。

「つけてみてください」

田村先生がフィンガーブレスレットを初美さんの手につけてあげている。染みや切り傷ややけどのあとが残る手をとって、田村先生が「ほんまにきれいや」と呟いた。初美さんはすこし照れたように微笑んだ。

「永瀬さん、だいじょうぶですか？」

いつのまにか、田村先生と初美さんが眉をひそめてわたしを見ていた。いったいどうしたんだろうと思ってから数秒遅れて、自分が泣いていることに気づいた。

「なんでもないんです」

慌てて、ハンカチで濡れた頬を拭う。

「ただ、ただ、なにがちがうんだろう、と考えていたんです。ちょっと、知り合いの、うまくいっていない夫婦のことを思い出して」

すこし、疲れているのかもしれない。だってみんながわたしになにごとかを打ち明ける。その重さにときどき耐えられなくなるのだ。あなたにだけ打ち明ける。あなたは口がかたいから。あなたにだけ、あなたにだけ。そりゃあ、話したほうは楽になるのかもしれないけれども。

「そのお知り合いのことはよくわかりませんが」

田村先生はそう前置きした上で、なにも問題を抱えていない夫婦なんてほとんどいないんですよ、と続けた。

「結婚というのはあくまで制度なんです、永瀬さん。結婚したとたんに、いきなり関係が確立されるわけではありません。長い長い、関係の構築への試行錯誤がはじまるだけなんです」

そのお知り合いのことはよくわかりませんが、と田村先生はもう一度言った。

「たくさんの人を惹《ひ》きつける魅力と、ひとりのパートナーと関係を築いていく辛抱強さはまったく別物ですから……。まあ、その」

わたしにはそのお知り合いのことはよくわかりませんが、としつこく念を押す田村先生

2015年12月

は、わたしが誰のことを考えているのかとうに勘づいているのかもしれなかった。わたしはこのあいだの杏梨ちゃんのように惜しみなくティッシュを何枚も使って鼻をかみ、すみません、と頭を下げた。

「すみません。取り乱して」

いいんですよ、とふたりはやわらかく声をそろえる。なんとか泣き止んで、田村先生と初美さんを一階まで見送った。ふたりは何度も心配そうに振り返りながら帰っていき、わたしは彼らの姿が見えなくなるまで、じっとその場に立ちつくしていた。

2010年7月

まだ七月に入ったばかりだなんて信じられないぐらいに暑かった。

喉が渇いた。水が飲みたい。でも隣を歩く人になかなかそれを言い出せない。頭上に影がさしたと思ったら太陽が雲に隠れたようだった。日差しが和らいだのはありがたいが、蒸し暑さには変化がない。

遠くのほうの空に黒い雲がたち込めていて、天気予報を見ていたらしい誰かが「ひと雨きそう」と話しているのが聞こえた。

それにしてもこの公園、こんなに広かっただろうか。歩いても歩いても、ずっと芝生が続いている。汗が目に入って、先のほうにある桜の木がぐにゃりと歪んで見えた。やっぱり断ればよかった、と思う。選択を誤った。

わたしはたいてい、まちがっているほうを選ぶ。まちがっているほうを正解だと信じ込む場合はもとより、どちらが正しいのかわかっているにもかかわらず、周囲に流されてまちがったほうを選ぶ場合もある。たとえば○×クイズだ。小学校のレクリエーションの時間によくやった。先生がクイズを読み上げて、子どもたちが○と×が書かれたエリアにわかれる、というあれだ。信号機の赤は「止まれ」、では青は「すすむことができる」である。○か×か。そんな、あきらかにこれは○でしょう、とわかっている問題でも、他の子たちが全員×に向かえば自分もついていってしまう。そういうところが、わたしにはある。だから自分で考えずに周囲の人の意見に従う、というのがいちばんいいのかもしれない。

「聞いてますか」

肩を叩かれて、はっと顔を上げる。目の前を四歳ぐらいの子どもが歓声をあげながら横切っていく。手にはバルーンでつくった剣が握られていて、どこかでバルーンアートをやっているのかな、でも大人はもらえないんだろうな、なんてことをぼんやり思った。

グルメフェスをやっているので行きましょう、と誘われた公園は、偶然にも『ジュエリータカミネ』からそう離れていない場所にあった。

風にのって、あちこちから、さまざまなよい香りが漂ってくる。スパイスの香り。肉が焼ける香ばしい香り。甘い香りは、たぶん斜め前にあるピンクのキッチンカーのものだろう。「アイスクリーム・クレープ」というのぼりが立っている。

「珠さん。あの、聞いてますか?」

長田《おさだ》さんの声に苛立《いらだ》ちが混じっていた。

「聞いていませんでした」

人の話を聞いていないのは、とても失礼なことだと思う。でもそれよりもっと失礼なのは、保身のために嘘をついたりごまかしたりすることだ。怒るだろうなと思ったけれども、

2010年7月

長田さんは困ったように笑って、ひとさし指で眉の上を掻いただけだった。

「珠さんは、ミステリアスな人やなあ」

そんなこと生まれてはじめて言われました、と答えかけたが、これはおそらく「なにを考えているのかわからない」を精いっぱいマイルドな表現で伝えてくれたということなのだろう。

「ぼく、さっき『料理はしますか』って訊いたんです、あなたに」

長田さんは「姉の娘の同級生の叔父」だ。つまり、ひとことで言うと他人だ。会うのは今日で三度目になる。一度目は、姪のりんの運動会だった。去年離婚した姉は、ふたりの娘を連れて実家に戻ってきた。そのりんがわたしに電話を寄こしてきて言うには「あたしはべつにどうでもええねんけど、ママひとりでもぜんぜんええねんけど、ママが気にしてるっぽいから、運動会に来てくれへんかな」とのことで、最初なにを気にしているのか、よく意味がわからなかった。

よその人から「あの家は父親が来ていない」という目で見られるのではないかと気にしている、とりんは言った。思わず、「は？　そんなわけないやん」と大きな声が出た。

「あたしもそう思う、でもとにかく、人数が多いほうがママ的には力強いんちゃうかな」

それを言うなら「心強い」やでと呆れつつ、自分の母親の心情を慮《おもんぱか》る姪の大人びたやさしさに心打たれもし、気は進まないが運動会を見に行くことにしたのだった。

りんには悪いが、わたしにとって小学校の運動会は非常に退屈なものだった。これが自分の子どもだったらちがうのだろうなあ、とあくびを嚙み殺しながら、りんの出る種目以外の時はずっと本を読んでいた。そんな時に長田さんに話しかけられたのだった。それ、誰のなんていう本ですか、と。

「突然すみません、あまりにもおいしそうな表紙だから気になって」

あらためて見ると、たしかにものすごくおいしそうなおにぎりの絵が描かれていた。わたしはこの作家の本はすべて読むと決めている。だからカバーになにが描かれているかなんて、その瞬間までさほど意識していなかった。

わたしは本を手渡し、簡単なあらすじを説明した。長田さんは携帯電話のメール機能をメモ代わりにしているらしく、ぽちぽちとタイトルを入力し、保存していた。本好きなんですか、と問うと、いやそんなには、と照れたように首を横に振った。でも仕事で料理をするから、食べもの関係の小説やエッセイは気になるんです、とのことだった。

長田さんもまた、姪の運動会を見学しに来たらしい。けっこう退屈ですよね、と小さな声で言うとおかしそうに笑って、頷いた。

なんとなく会話を続けているうちに、顔見知りだったらしい姉と長田さんの義姉が妙ににこにこしながら「連絡先、交換したら」と提案してきた。その場はお互い「いやいや」とか「そんなそんな」とか言い合ってごまかしたのだが、後日、長田さんの義姉から姉に連絡があったらしい。うちの旦那のいちばん下の弟なんやけど結婚相手募集中で、いやすっごいいい子やで、それは保証する、ただちょっと経済的なアレがね、やっぱ難しいん

2010年7月

かな、でも妹さんさえよければ……というような話だった。うちの姉もおそらくよけいなことをいろいろ喋ったにちがいない。

姉は「長田さんとデートしてみたら」と言った。いや「するべき」だったかもしれない。わたしは長田さんのことを感じのいい人だなとは思ったけれども、仲良くなりたいとまでは、ましてや恋愛関係になりたいとは思っていなかった。でも姉が「そうしたほうがいい」と言うのならば、きっとそっちが正解だ。自分の頭で考えれば考えるほど、判断を誤るのだ、わたしという人間は。

二度目は、バーベキューだった。もちろんふたりきりではなく、長田さんのお兄さんと義姉の自宅に招かれたのだ。わたしは姉とりんとちこが一緒だったし、他の人たちもたくさんいた。小学生も大勢いて、長田さんはひたすら肉やらおにぎりやらを焼いていて忙しそうだったので、ほとんど話はしなかった。連絡先の交換も姉を経由しておこなった。

長田さんは十八歳から二十八歳までイタリア料理店の厨房《ちゅうぼう》で働いていた。いつか独立して自分の店を持つためにと貯金をしていたのだが、その店が閉まってしまった。それで今は安く譲り受けた中古のキッチンカーで商売をしつつ、「いつかは自分の店を持つという夢に向けて頑張っている」最中なのだそうだ。

夢、夢か……。とそこまで思ったところではっと我に返った。また自分の世界に入っていた。質問に答えなければ。質問なんやったっけ。あ、料理はしますか、か。

「しますよ。でもプロの料理人から見たら、たいしたことないと思います」

「いやいや、レシピ見ながらひととおりのものが作れるぐらいの腕があったらじゅうぶんです」

なにに対して「じゅうぶん」なのだろう。首を傾げてかたまっていると、長田さんはさわやかな笑顔で「とにかくですね、女性は料理ができるにこしたことないと思います！」と言い放った。

え、と首を傾げたままのわたしの肩を、なにかが打った。大きな大きな、雨の雫だった。激しく降り出した雨に、公園はちょっとした騒ぎになった。どこかで雨宿りしていきましょう、とひきとめる長田さんを「いえ、帰ります。なんだか頭も痛いし」と振り切って、走って帰ってきた。

悪い人ではないのだ、とアパートの床に突っ伏して思う。仮病ではない。ほんとうに痛かったのだ。

悪い人ではない。でも長田さんは今日だけで三回も「女性は」と言った。料理云々で一回、それよりすこし前に、おそらくわたしをほめる意味で口にしたらしい「女性はやっぱりいつも笑顔でいるべきですよ。ぼく、いくら美人でもツンケンする人は無理です」で一回、帰り際頭が痛いと言ったわたしに「だいじょうぶですか？　あ、でも女性は鎮痛剤とかあんまり飲まないほうがいいらしいですよ。将来出産の時とかに痛みに耐えられないようになっちゃうから」という謎理論をかました時に一回。多い。半日で三回は多い、いくらなんでも。

パソコンを立ち上げ、帰り際に長田さんが「じつは……やってるんです」とURLを教えてくれた長田さんのブログを確認する。キッチンカーの営業日時や場所をお知らせするブログらしいのだが、記事の一覧には「夢を持つ、ということ」「運って、なんだろう」といった言葉が並んでいる。とてもじゃないが今はそれらを読む気になれず、最新の営業情報だけを確認する。

来週から、今日行ったあの公園で火曜と木曜のみ営業するそうだ。長田さんのキッチンカーではおもにカルツォーネを売っているという。写真を見るかぎりとてもおいしそうだし、食べてみたいな、とも思う。買いに行ってみようか。長田さんは悪い人ではないし、もうすこし知れば好きになれるかもしれない。

目を閉じて、頭痛薬が効くのを待つ。長田さんにはああ言われたが、将来するかわからない出産のために今現在の痛みを我慢する意味がわからないので、帰宅後にすぐ飲んだ。

なんとなく、髪がべたべたしている。さまざまな匂いや煙を浴びたのだから、無理もない。「ライバルの味を知りたい」という長田さんにつきあってピザを中心に食べたけど、ほんとうはシシカバブが食べたかった。でも言い出せなかった。遠慮があったというよりは、長田さんの前で肉の串焼きを齧《かじ》ることに恥じらいを覚えた。つまりはわたしにも彼に気に入られたい思いがすこしはあったということだ。

そんな自分にげんなりしながらもなんとか、シャワーを浴びた。鏡にうつる自分の顔はクマが浮き口角も下がりきって、おばあさんみたいに見える。諸々おとろえはじめているのか、単に今日の疲れによるものなのか。後者であると信じたい。髪を乾かしながら、珠さんってなんかジュエリーデザイナーって感じじゃないですよね、と長田さんに言われたことを思い出して、「うぅ」という声が出る。

「あっちがうんですよ、ジュエリーデザイナーって肩書だけ聞いたら、なんかギラギラした雰囲気やないですか。珠さんはぜんぜんそんなんとちがくてナチュラルな感じがいいっていう意味です。ぼく、ケバい女の人とか苦手やから」

「ケバいって……わたしは派手な人、好きですよ。自分のスタイルがあるってかっこいいし、むしろ憧れますけどね」

長田さんの言葉にぎょっとしつつも、即座にそう返せた自分をほめてやりたい。

夜中に目が覚め、携帯電話のランプが点滅しているのに気がついた。長田さんからのメールだった。

《珠さんへ　こんばんわ。今日はありがとうございました。頭、だいじょうぶでしたか？　家に帰ってから考えたのですが、やっぱりこういうことははっきり言葉で伝えたほうがいいと思って、メールしました。ぼくは珠さんとおつきあいしたいと思っています。珠さんはどうゆうふうに思っていますか？　返事は急ぎませんが、いいお返事だったらうれしいです。それでは、おやすみなさい。》

二度読んで、返信はせずに携帯電話を閉じた。天井を仰いで目を閉じると、まぶたの裏にひらがなが躍る。こんばん「わ」……どう「ゆ」う……あえてそうしたのか、それともまちがいなのか、どちらですかと確かめるのは失礼なおこないだろうか。

ジュエリーボックスからネックレスをとりだして眺める。いつもよりラピスラズリの青がくすんでいるように見えて、やわらかい布でそっと拭いてみるが、たいして変化しなかった。くすんでいるのはわたしの心のほうかもしれない。

先ほどは気づかなかったが、メールは姉からも届いていた。長田さんとのデートはどうだったのか、うまくいったか、つきあえそうか。姉の高揚感が、使用された絵文字の量と種類から否応なしに伝わってきたせいで、読んだあとうまく寝つけなかった。姉の期待に応えたいと思う。そんな理由で男性とつきあっていいのかとも思う。そうして翌朝、脇腹の痛みで目が覚めた。

「たいじょうほうしんです」

医師はわたしの顔を見ずに、その耳慣れぬ言葉を口にした。え、たい、なんですか、と訊き返したら、「帯状疱疹」と書いたメモを見せてくれた。

「水ぼうそうのウイルスが原因で起こる病気やね」

数時間前、脇腹の痛みで目が覚めた。脈打つような規則的な痛みで、おそるおそるパジャマをめくってみると、十センチ四方にわたってうす赤い、謎の発疹《ほっしん》ができていたのだった。アパートからいちばん近い皮膚科に駆け込み、二時間近く待ったところでようやく順番がまわってきた。目覚めた時の痛みのレベルを一とすると、診察室に入った頃には八ぐらいにまで上がっていた。色味もコーラルレッドからスカーレットに変化していた。

「あのう、水ぼうそうなら小さい頃に済ませたはずなんですが」

医師は五十代前半、あるいは半ば、ぐらいだろうか。父に似ているようでもあり、似ていないようでもある。まあこれぐらいの年齢の男の人ってなんかみんな同じように見えんねんな。太いか細いか、髪が生えてるか生えてないか、ぐらいのちがいしかないし、メガネなんかかけてたら八割そのメガネの印象しか残らへん、女の人はそんなことないんやけどな……。わたしは痛みから気を逸らすため、必死にどうでもいいことを考え続ける。医師はメガネを押し上げ、電子カルテになにごとかをキーボードで入力しながら、でしょうね、などと言う。でしょうね？　どういう意味？

「水ぼうそうが治った後でもね、ウイルスは体内に潜伏しとるから。で、免疫機能が低下した時に活性化しよるんや」

「潜伏、ですか」

暗殺者のように潜伏し、わたしが弱るのを虎視眈々《こしたんたん》と狙っていたというのか。何十年ものあいだ？　そんなことあるんですか、そのウイルス辛抱強すぎとちゃいます？　としつこく確認するわたしに、医師は「いやいや、だってあなた、今まさにそうなってるやん」とわたしの脇腹を顎でしゃくる。たしかに、と力なく呟いた。

「で……治るんですか？」

おそるおそる訊ねたのは、「たいじょうほうしんです」の直後に、傍らに控えていた看護師がまず「あちゃー」というような表情を浮かべ、そのまま「ご愁傷さまです」といった沈痛な面持ちで目を伏せるのを視界の端で捉えていたからだ。

「飲み薬を服用して。じきに治るよ。塗り薬もあるし」

医師はまだキーボードを叩いている。さほど深刻な病気でもないような説明のわりに、入力する文章が長いような気がして、また不安になってきた。

「帯状疱疹になるきっかけは加齢がいちばん多いんやけど、あなたはまだ若いし、疲労かストレスちゃうかな」

医師が身を乗り出し、わたしの顔を正面からじっと見た。

「なんか最近しんどいこと、あった?」

長田さんの顔が思い浮かび、いやいやこの程度のことはストレスとは言わないだろう、と思い直す。なんせ何十年も潜伏していたウイルスを「今だ!」と決起させるぐらいのきっかけだ。失業とか、身内の不幸とか、それぐらいのレベルのはずだ。

「いいえ、特には」

世の中にはもっとしんどい人がいる。呪文のように、心の中でその言葉を繰り返した。

病院の隣の調剤薬局で何度も「安静に過ごしてくださいね」と念を押されながら薬を受け取り、その足で出勤する。病院の空調が効きすぎていたせいか、外の暑さがこたえる。

道ゆく人も心なしか、みなうんざり顔だ。昔の夏はこんなに暑くなかった気がする。それともわたしが歳を取って、暑さに耐えられなくなっているだけなのだろうか。

天然氷使用を謳《うた》うかき氷のお店に行列ができている。このあいだ屋上で会った時、森くんが「おすすめ！」と言っていたのを思い出し、今食べたらおいしいやろうなあと思うが、遅刻して病院に行かせてもらったのだし、呑気にかき氷なんか食べている場合ではない。

しかしこのような平日の午後に、いつ順番が来るともわからぬ行列に身を投じることのできる人というのは、いったいどのようなライフスタイルの人々なのかと、横目で見ながら通り過ぎる。当然、見ただけではなにもわからない。

どうにかこうにか『ジュエリータカミネ』にたどりつくと、ちょうど高峰が接客しているところだった。テーブルの上で両手を組み、「ええ」とか「なるほど」とか、ふだんよりいい声で相槌を打っていた。

外面のいい高峰は、相手が女性だと五割増しでかっこつける傾向にあり、わたしの目にはほとんど滑稽にすらうつるが、年配の客からは「王子様みたいやねえ」と好評だ。

若い女性のお客さまは、じつはけっこうめずらしい。じつは、ということもないか。ジュエリーリフォームは高額なものなので、なかなか手が出せないのだと思う。加工にどれほどの高い技術を要するかを知っていればむしろ安いぐらいなのだが、だからといって自分のふところから出るとなれば二の足を踏む金額であることはまちがいない。

わたしは仕事の準備をしながら、彼女の様子を観察する。よく陽に灼《や》けていて、ショートカットが似合う、かわいらしい女性だった。どことなく小動物感があって、喋っているあいだもせわしなくくるくると動く瞳が印象的だった。

首が長くてきれいだからネックレスが映えるだろうなあと、まだ依頼内容もわからないのに勝手にあれこれ考えはじめてしまう。つかのま、帯状疱疹の痛みを忘れた。

お客さんが携帯電話を片手に、外に出ていく。どうやら仕事の電話がかかってきたようだった。高峰がわたしに向かって手招きし、わたしは筆記用具のセットを持って、ソファーに向かった。

うわ、また新しいスーツ着てるやん、と思ったが口には出さなかった。高峰は己の外見のよさを最大の武器と心得ており、身だしなみを整えることに余念がない。印象は見た目で決まるのだから整えておくにこしたことはないと言い、このあいだはエステの費用を経費で落とそうとした。わたしに対しても、もっと身だしなみに気を遣え、もっと、もっと、と口を出す。

「叔母さんの遺品やて」

高峰がカルテを見せてくれる。小塚《こづか》ひよりさん、二十八歳。百貨店の婦人雑貨売り場に勤めているという。預かったのはバイカラートルマリンのリングだった。ピンクとグリーンのグラデーションが美しい。石はラウンドカット、アームは18Kだ。腰が高いデザインで、服などにひっかかるのが嫌なのだという。スポーツをするから、とのことだった。テニス、スキューバダイビング、他、と走り書きされている。

「あと、これも」

高峰が預かり品用のケースをもうひとつわたしの前に滑らせた。こちらは一個石の立爪のリングで、アームはおそらくシルバーだろう。宝石店ではなく、アクセサリーショップや雑貨屋で取りあつかわれているようなリングだ。カルテには購入価格が書かれていないが、高くてもおそらく数千円だ。アームの部分が切れて、変形していた。石はペリドットに見えるが、人工石という可能性もある。

「こっちは、さっきの小塚さんが自分で買ったものらしい」

大学生になって、はじめてのアルバイト代で買ったのだそうだ。「なにかお守りになるものが欲しかった」と、高峰のやや右肩上がりの字でメモがとってある。

「わかるわ、その気持ち」

「そうなん？」

「指輪って、いつも目に入るやろ」

社会に出たら、思わず俯《うつむ》いてしまうような瞬間が何度でもある。その時に自分の指にはまったお守りが、ふたたび顔を上げる勇気をくれるのだ。

「わたしも買ったもん。十九歳の誕生日に」

「え！　自分で買《こ》うたん？」

高峰はソファーからずり落ちるほどの衝撃を受けたようだったが、その理由がわたしにはわからない。

「そうや。なに、その反応」

「いや、だって、ふつうプレゼントでもらうもんやろ。十九歳の！　誕生日やで！」

十九歳の誕生日にシルバーの指輪をプレゼントされると、受け取った人は幸せな結婚ができる。ヨーロッパの言い伝えらしい。

「だから永瀬はいまだ独身なんやな」

まとはずれな憐れみを滲ませる高峰を無視して、わたしはオーダーシートを読み込んだ。

叔母さんはわざわざ「自分が死んだらこの指輪は姪のひよりに」という手紙を残してくれていたのだという。正式な遺言状ではなかったが、指輪は無事に小塚さんの手に渡った。

小塚さんの依頼は自分のシルバーの指輪の石と叔母さんのバイカラートルマリンを組み合わせ、ひとつのリングをつくりたい、それを新たなお守りにしたい、というものだった。

「あとはまかせてええかな」

「わかった、了解」

いずれにしろ、本人から直接話を聞きたい。

「で、だいじょうぶか？　なんかやばい病気やった？」

高峰から問われた瞬間、思い出したように発疹が痛み出した。帯状疱疹だと言うと、高峰は「あー、うちの母も何年か前にやっとったわ、それ」と驚いた顔をした。

「そうなん？」

「そのプツプツができたとこが首のとこやったからな。こんなんじゃあお出かけでけへんとか、あとが残ったらどうしようとか、えらい大騒ぎしとったなあ」

目に浮かぶわ、と返したところで、小塚さんが戻ってきた。わたしはソファーから立ち上がる。ブラウスの布地が脇腹をこすり、痛みで叫びそうになるのをかろうじて堪《こら》えた。

「うちの専属ジュエリーデザイナーの、永瀬です」

高峰はわたしを紹介する際、「専属」を異様に強調する。短く挨拶を交わし、リングをご希望なんですね、と切り出した。

「憧れの叔母だったんです」

小塚さんが一瞬、遠くを見るような目つきをした。

おしゃれな叔母さんだったという。化粧品の販売員をしていて、華やかな人だった。周囲がどんなにすすめても、「あたしは結婚には向かないと思うから」と独身を貫いた。恋人はいたりいなかったりで、けれども友だちも多く、いつも楽しそうだった。

「母より早く亡くなるなんて思わなかった」

ひとり暮らしの部屋で亡くなっているのを、推定死後三日経過してから発見されたのだという。パジャマ姿で、台所にはコーヒーを淹れようとしていた形跡があったことから、朝起きぬけに倒れたのだろうと推測される。小塚さんが何度電話をかけても話し中であるのを不審に思い、調べてみたら受話器が外れていた。それで管理人さんに頼んで開けてもらって、と目を伏せる。わたしと高峰は相槌を打つにとどめた。

「親戚の人みんな」

2010年7月

小塚さんの声がわずかに上擦った。

「みんな、叔母のこと、かわいそうや、って言うんです。ほらやっぱり、友だちや趣味やってなんぼ楽しそうなふりしても、結局はあんなさびしい死にかたするんやなって。いつまでも意地張ってひとりでおるから、って」

高峰がちらちらとわたしに視線を送ってくるが、わたしは気づかないふりをした。

スケッチブックを前に、わたしは呼吸を整える。「手を洗う」と「呼吸を整える」は、わたしにとってデザイン画を描く前の儀式のようなものなのだ。

一週間が経過しても、小塚さんが言った「かわいそう」「さびしい死にかた」という言葉が、頭から離れない。ひとりで死ぬのは、そんなにもかわいそうでさびしいことなのだろうか。

でも、と思う。でも、と小塚さんも言った。

「でも、それでもやっぱり叔母はわたしの憧れの人なんです。誰がなんと言ったって、自分も叔母みたいに生きたいと思います」

だから彼女が遺してくれたものを身につけたい。小塚さんがきっぱりそう言ってくれたことに、なぜかわたしが救われる思いがした。

小塚さんの気持ちに寄り添えるのは、いったいどんなリングだろう。叔母さんの思い出とともに、彼女の未来を守るリングにしたい。鉛筆を手に取っては戻す、を繰り返しているわたしに、高峰が話しかけてきた。

「屋上行ってきたら？」

なんで、と問い返す声が思ったより低くなってしまい、なんで？　とやや明るい声で言い直す。昨日ちょっとした口論になって、その空気をまだ引きずってしまっていた。

「今やったら、侑たちおるし。ちょっと喋ってきたらどうかなと思って」

時計は午後三時をさしていた。『かに印刷』は、毎日この時間がおやつタイムなのだ。しかも、天気のいい日は屋上に出ることが推奨されている。可児さんは以前から日中になるべくたくさん日光を浴び、陽が沈んだらすぐに寝る、というライフスタイルを提唱している。

高峰はわたしが行き詰まっているのに気づいたのだろうか。いや、単純に気まずいので追い出そうとしているのか。あれこれ邪推しながらも、わたしはスケッチブックを小脇に抱えて事務所を出た。

高峰の言う「侑たち」は、森くんと可児さんのことだと思っていた。屋上に行ってみたらてい子さんと駒さん、しずくと森くんがテーブルを取り囲むようにして座っていた。しかもわたしがここに上がってくることを事前に知っていたかのように、「お、来た来た」「ほら、座って」などと笑顔で迎えてくれる。テーブルの上には『萩の月』の箱が載っていた。しずくが無言でもぐもぐとそれを食べ、てい子さんが「そない急いで食べたら喉詰まるで！」と心配している。

「いや、高峰くんが電話してくれたから」

森くんがひとつだけ空いている椅子を引き、わたしに座るように促しながら言う。わたしが事務所を出るやいなや、高峰は森くんに電話をかけたらしい。

「高峰くん、『永瀬がなんかいろいろ溜めこんでグルグルしてるみたいでさあ、話聞いたってくれへん？』って言うてたけど、どうする？　話したいなら聞くけど」

「いや、話したくない」

「了解。ほんならなんも訊かんとくわ。おやつは？」

「食べたい」

『萩の月』の箱がわたしのほうにずずいと押し出される。森くんは人の「話したくない」という気持ちを尊重できる人だ。一方で、友だち／家族／恋人ならなにもかも包み隠さず本音で話すのが当たり前、と思っている人もいる。

「高峰ならこうはいかんわ」

「まあな、高峰くんはな」

わたしは『萩の月』を手に取りながら、しずくの表情を窺《うかが》う。先ほどから、高峰の名が出るたびに嫌そうに眉根を寄せることが気になった。

「どうかした？　しずく」

しずくは答えない。てぃ子さんが「この子、最近能見くんのこと避けてんねん」と言った。

「なんかあったん?」

しずくは無表情のまま「だって、しつこいから」と言う。

「そらもうしつっこく誘うのよ、しずくのこと」

てい子さんが言い添える。

「え! どういうこと!」

高峰がしずくを誘う? どういうことだと椅子から立ち上がると、森くんが「てい子さん、それはちょっと誤解を招く表現です」と笑った。

「ちゃうねん永瀬さん、落ちついて」

森くんがわたしに椅子に座るよう再び促す。高峰がよく顔を出している、大阪市内の宝石関係の会社の経営者や職人のあつまりがあり、高峰はそこにしずくを連れていきたがっているのだそうだ。

「人脈広げろ、知り合い増やせ、ってほんまにもうしつこうてねえ」

「そら、嫌やわな」

わたしが言うと、しずくは眉間に皺を寄せて何度も頷いた。

高峰がしずくを心配していることは知っている。職人といっても個人事業なのだから、他の人とうまくやっていかなければだめなのだと高峰はよく言う。どれほど腕の立つ職人でも、社会性がなければ仕事はまわしてもらえないのだからと。社会とか仕事というのは、しずくが思っているよりもずっと個人的な感情とか好き嫌いとかメンツとか意地とか、そ

2010年7月

ういう複雑で煩雑なもので動いているものだからという高峰の主張もわからなくはない。

「いただきます」

カスタードクリームの甘さがしみる。この一週間ずっと、お菓子やアルコールを控えていたのだ。例の帯状疱疹のことをネットで調べていたら「刺激物はひかえたほうがいい」と書いてあったので、ずっと我慢していた。

「痩せたんちゃう？　永瀬さん」

「痩せた。それについてはラッキー」

「永瀬さん、それ以上痩せんでいい！」

てい子さんは「若い子はみんな痩せすぎ！」と断言して、鉢植えの様子を見に行ってしまった。駒さんは『萩の月』の包み紙を手の中で丸め、ごっそさん、と立ち上がる。仕事に戻らなければならないらしい。しずくがつられて立ち上がろうとするのを、あんたはもうちょっと休憩していきなさい、と制して、去っていった。

「やさしい師匠やなあ」

「この子、ほっといたらぜんぜん休憩とらへんからね」

鉢植えをいじりながらてい子さんが不満げな声を上げる。

「そうなんですか？」

「そうよ。何時間も何時間も、ぶっ続けで作業するんよ」

職人は目も手も、いや身体そのものが道具の一部なのだから、もっと大切にしなければならない。休憩も仕事のうちだと何度教えても、本人曰く「うっかり忘れる」のだという。「休憩するの忘れるってすごいなあ。ぼくなんか基本休憩することばっかり考えながら仕事してんで」

森くんの言葉に笑って、『萩の月』を喉に詰まらせそうになる。咳き込むと、ペットボトルのお茶を差し出された。これまだ口つけてへんからきれいやで、とのことだ。

「ありがとう。森くんは気配りがじょうずやな」

「ええ奥さんになりそうやなって、昔よう高峰くんに言われたわ」

お茶で流し込んだスポンジとカスタードクリームのかたまりが、重たく流れ落ちていく。あぶなっかしい。なにも考えずに、無邪気に、ほめ言葉かあるいは冗談のつもりでそういうことを口にしてしまうその軽率さは、いずれ高峰を窮地に陥らせる気がする。

昨日の口論も、高峰のひとことをきっかけにはじまったものだった。小塚さんの話をしていた時に、高峰が「まあでも、おれは『かわいそう』って言う親戚の人たちの気持ち、わかる気するで」と言い出して、わたしは心底びっくりしてしまったのだった。

「要するにみんな、その叔母さんに幸せになってほしかったんやろ。そういうみんなのやさしさを素直に受けとめられへん女ってやっぱかわいげがないで。かわいげがないと愛されへん。愛されてへんって、やっぱかわいそうやで」

ついうっかり「え、気持ちわる」と呟いてしまい、そして口論に発展し……ってあれ、ちょっと待って、もしかしてわたしが悪いんじゃないのか、これ。いやでもやっぱり、気

2010年7月

持ちの悪い発想だと思う。自分の定義する幸せな人生にあてはまらない人を、かわいそうだと決めつけるのだから。

「ていうかさ、高峰は、なんで結婚したん?」

なんでって、と高峰はぽかんと口を開けていた。

「結婚は、そら、するもんやろ」

「するもんって。一生せん人もおるやん」

「ああ、できひん人な。おるよな、理想が高いんちゃう?」

いやそうやなくて、と噛み合わない会話を続けているうちに、どうやら前提がちがうらしいということがわかってきた。高峰は結婚を「ある一定の年齢に達した人間が当然にすべきもの」と思っているため、「できる/できない」の軸で判断する。そのせいで、小塚さんの叔母さんやわたしのことを「結婚できない、かわいそうな女」としか見ることができないのだ。

「いや、それはおかしいで」

わたしの軸は「結婚したい人/したくて、できた人/したいけど、できない人/したくない人/したくないので、しない(しなかった)人/したくなかったけど、した人/よくわからないので保留中の人/その他」で、姉のように「したくてしたけどなんらかの事情で婚姻を解消した人」もいると思うとますます複雑になり、結局「軸ってなんですか?」「必要ですか?」みたいなところに迷い込む。

わたしと高峰の話が嚙み合わない理由はこのように説明が可能なものなのだが、説明できたところですっきりはしない。もやもやとした気持ちだけが今も残っている。

「永瀬さん、ちょっと手伝ってくれへん?」

鉢植えの前にしゃがんでいたてい子さんに呼ばれて、立ち上がる。隣にしゃがむと「葉っぱ取るふりして聞いて」と声をひそめられる。

「はい」

「しずくのお父さんが来たんよ。工房に」

一昨日のことだという。駒さんが対応しようとしたが、しずくは「ふたりだけで話したい」と言い、鞄を持って外に出ていった。てい子さんは、窓からふたりが歩道で向かい合って話しているのをこっそり見ていたという。

「白い封筒みたいなのを渡しとって。しずくが」

「それは、ええと」

お金ですか、と問う声が喉に引っかかって、うまく出せなかった。てい子さんも同じことを思ったようで、心配そうに頷く。

「永瀬さん、しずくのこと、お願いします」

てい子さんは、あの子はわたしらには心配かけまいとするから、と涙ぐむ。わかりました、と頷いて立ち上がり、テーブルに戻った。

「そういえば木下さん、カルツォーネって食べたことある?」

森くんがしずくに話しかけている。しずくは黙って首を横に振った。

「永瀬さんは？」

「ないね」

カルツォーネと聞いて、長田さんのことを思い出した。

「ぼくも一昨日はじめて食べたんやけど、おいしかったよ。ほら、公園あるやん。噴水の。キッチンカーが来とって」

「えっ」

もしかしてそれって、と身を乗り出す。

「イタリア国旗カラーの？」

「そうそうそう。え、知ってる？　なんか夫婦っぽい人がやってる」

「夫婦？　男の人ひとりでやってるのとちがうの？」

「いや。なんか、めっちゃ仲良さそうな人たち」

急いで携帯電話を取り出し、長田さんのブログを開く。これやんな、と森くんに見せると、そうそうそう、とうれしそうに覗き込んで、あっ今日もあの公園に来てるねんな、と呟いた。

「ごめん。わたしちょっと、行ってくる」

どうしたん？　と驚く森くんをよそに、慌てて階段を駆けおりる。早足で公園を目指していると、背後からか細くわたしの名を呼ぶ声が聞こえた気がした。振り返り、ぎょっとして立ち止まる。しずくが走って追いかけてきたらしく、脇腹を押さえて苦しそうに息を整えていた。

「永瀬さん、歩くの、速い」

「なんでついてきたん？」

「わかんない」

「はあ？」

わかんないけど一緒に行く、としずくが言うので、しかたなく並んで歩き出した。しずくには長田さんのことを話していなかった。隠していたわけではない。話すほどのことでもない、その程度のあつかいだったのだと、今更のように気がつく。

「つきあってください、って言われてたんや、その人に。メールでな。一週間以上返事してなくて」

歩きながら、短く事情を説明する。

「返事、迷ってたの？」

わたしは答えなかった。正直言うと、忘れていた。自分の帯状疱疹と小塚さんのリングをどうするかで頭がいっぱいだった。

「わたしは、いっつもまちがってるほうを選ぶから」

二択問題でもなんでも、とにかくまちがう。だから自分で考えないほうがいいのでは、と思いはじめていた。しずくはわたしをじっと見て、それからきゅっと唇を結んだ。

キッチンカーは公園のわりあい入り口に近い場所に停められていた。ちょうど段ボールを抱えた長田さんが、キッチンカーから降りてくるところだった。声をかけようとした時、キッチンカーの陰から女の人が飛び出してきて、長田さんの背後からふざけて抱きつくのが見えた。長田さんは驚いた様子だったが、見つめ合って、楽しそうに笑い出す。ふたりはおそろいの赤いエプロンをしている。

森くんが「夫婦」と表現したのも無理はない。あきらかにあの親密さは、ただの手伝いやバイトというレベルではない。わたしがメールの返信をしなかったこの一週間のうちに出会って恋をしたのだろうか。そんなことって、あるだろうか。じゃあもしかして、わたしと知り合う以前から?

ふと隣を見て、しずくがいないことに気がつく。いつのまにか、キッチンカーの前に移動していた。いったいなにをしてんの、と思った瞬間にしずくの右足が持ち上がり、あっと思った時にはもう、キッチンカーを蹴っていた。泥だらけの足跡がくっきりとついた。長田さんと女の人が、ぎょっとしたようにしずくを見る。しずくがまたキッチンカーを蹴った。どごん、という鈍い音が響き渡り、わたしは数秒遅れて叫んだ。いや、叫んだつもりだったが、存外声が小さかった。人間あまりにも驚くとかえって喉が塞がるようだ。

「ちょっと!」

「珠さん」

長田さんがわたしに気づいたらしく、気の抜けた声で呟いた。

「ごめんなさい！　ごめんなさい！　あの、傷とかついてたら弁償しますんで！」

何度も頭を下げてからしずくに駆け寄り、頭を押さえつけてお辞儀させた。怯えきっている女の人の視線に耐え切れず、顔を伏せたまましずくを引きずるようにして退散した。

「いったい、なにを考えてんの！」

公園を出てから立ち止まり、こらえきれずに怒鳴った。

「わかんない」

「なんで蹴ったん？」

「……わかんない」

「そればっかりやな、あんた」

まだしずくの手を摑んだままだったことに気づいて、急いで放す。しずくはどことなく、放心しているようにも見える。

しずくが立てた右手を顎の下に置く。「ごめん」の意味か、と理解した瞬間に「口で言いなさい！　目の前におんねんから！」とまた怒鳴ってしまった。

「ほんまに、もう……」

呆れかえって、全身の力が抜けた。でも、そういえばこういう子だった、昔から。思い出したら、笑ってしまった。

「ついでに今訊いとくけどさ」

わたしが言うと、しずくが警戒するように後ずさりした。

「最近、お父さん来た？」

しずくの瞳が翳《かげ》る。踏み込み過ぎかな、でも変な探りかたするよりはな、と逡巡した結果、「お金渡した？」という、身も蓋もない質問になった。

「渡してない」

もう来ないでと伝えて、手紙を返した。その言葉に嘘はなさそうだった。てい子さんが見た「白い封筒」は、手紙だったようだ。

若い頃しずくのアパートに行った時、父親からの手紙が何通か未開封のままで置いてあった。

「しずくは、もっと駒さんとかてい子さんのことを考えてあげたほうがええと思うで」

あのふたりからどれだけ大切に思われているか、しずくはたぶんわかっていないのだ。

「帰ろう」

しずくが言うので、わたしは頷いた。言いたいことはたくさんある。でも今は言わなくてもいいと自分に言い聞かせながら、ゆっくりと歩き出す。


「こちらです」

小塚さんにケースを差し出す。蓋をあけた小塚さんが、わあ、とため息を漏らした。

「素敵」

バイカラートルマリンはベゼルセッティングのがっしりとした指輪に仕上げた。石をしっかりと枠で固定するベゼルセッティングは、活動的な小塚さんにはぴったりだ。イエローゴールドも、日焼けした彼女の肌に美しく映える。ペリドットはもう一本の指輪に使った。ゆるやかなVを描くリングの中央ではなく端にあしらい、セットで装着するとペリドットがバイカラートルマリンに寄り添う。

「二本重ねづけしてもいいし、どちらか一本だけでも、もちろんかわいいと思います」

小塚さんは「叔母さんのように生きたい」と言ったけれども、そっくりそのままなぞる必要はないと思った。それぞれべつの人間だから。

「うれしい。頼んでよかったです」

ソファーの上で姿勢を正した小塚さんの目が潤んでいた。この瞬間がいちばん好きだ。目の前で誰かが喜んでいると、こちらが贈りものを受け取ったように満たされる。

長田さんは、あのあとわたしに長いメールを送ってきた。《あの女性は、ぼくが以前つきあっていた人です。珠さんに告白してから数日後に、よりを戻したいとゆう連絡が来ました。珠さんからメールの返事が来なかったので、たぶん脈がないと思って、それで彼女にOKを伝えました》云々。《弁償代は、結構です。そもそも、ぼくが珠さんを、傷つけたのが悪い、と、思うので》云々。後半になるにつれて読点が多くなっているのは、弁償代について最後まで逡巡したせいだろうなと勝手に思った。

《おめでとうございます。弁償代の件、ありがとうございます。すみませんでした。どうかお幸せに》そのように返信したのち、アドレス帳から長田さんの登録を削除した。

2010年7月

わたしはいつもまちがったほうを選ぶ。だから、自分で選ばないほうがましなんじゃないか。そう思いはじめていたけど、それこそがきっとまちがいだった。

人生は○×クイズではないから、そんなにわかりやすい二択にはなっていない。最初は正解だと思ったものが長い時間をかけて不正解になっていくことだって、もしかしたらあるのかもしれない。その逆もまた。正解か不正解かを決めるのは、選択したあとの自分の生きかただ。

「小塚さん。もしよかったら、写真を撮らせてもらえませんか」

高峰がカメラを片手に頼んでいる。リング自体はビフォーとアフターの撮影を済ませているのだが、依頼者の許可が得られた場合には着用写真も撮らせてもらっているのだ。

「じゃあわたし、永瀬さんと撮りたいです！」

小塚さんは「すごくたくさん話を聞いてもらったし、お世話になったから」と照れたように笑う。いやいや、と身を引くわたしに、高峰は「ほら、並んで」とカメラを向ける。じゃあ、と髪を直しつつ、小塚さんの隣に立った。

小塚さんの叔母さんが幸せだったかどうかなんて、誰にもわからない。だいいち、他人が判定するようなことではない。

「はい、笑って」

ひとりで生きるのもひとりで死ぬのも、ちっとも不幸なことじゃない。そう確信できたから、わたしは背筋をぴんと伸ばして、カメラに笑顔を向けた。

2005年4月

自動ドアが開いた瞬間、強い風が吹き込んできた。桜の花びらが数枚舞い上がって、入り口のマットの上に落ちる。

「いらっしゃいませ。ヤンおばさんの店にようこそ」

わたしはこの言葉をいったい一日に何回口にしているのだろう。特に意味はないけど、いっぺんカウントしてみようかな、と思ってみたりもする。日本野鳥の会の人が使っているような、あの正式名称のわからない道具で。でも、あれっていったいどこに行けば買えるのだろう。いらっしゃいませ。十八歳の頃からここでバイトをしている。一日何回、一か月平均何回、累計何回なんだろう。そんなことを考えながら、店の入り口で「ふたりです」とやけにハキハキと告げてくる若い男とその連れの男を、わたしは窓際の席に案内した。

メニューを差し出しながら、そこではじめて、「連れの男」の顔をまともに見たが、やけに暗い男だな、と思っただけだった。

「森くん、腹減ってる?」

ハキハキした男がメニューを受けとりながら言った。

「いや、ぜんぜん」

その声で、はじめて、あれ、と思った。

「え、森侑くん?」

わたしの知っている森くんとあまりにもちがっていたから、わからなかった。「森くん」という名と、森くんの声を聞かなければ、たぶん最後まで気づかなかっただろう。それぐらい人相が変わってしまっていた。

店員にいきなり名前を呼ばれてひどく驚いたらしい。森くんはわたしの顔を見て、それから胸の名札を見てまた、まじまじと顔を見てきた。

「永瀬さん、まだここで働いてたん?」

「就職活動、全滅したからね」

なるべく卑屈さが滲まないように細心の注意を払いながら言った。内心では森くんがあまりにも痩せてしまったことにギャーと叫び出しそうなほど驚いていた。目の下が黒ずんでいて、あまり健康的ではない痩せかただった。

「知り合い?」

ハキハキ男が会話に割り込んできた。森くんがなにか答えようとして咳き込む。しかたなく、わたしが「小中の同級生です」と説明した。ハキハキ男(以下ハキ男)は森くんとは同じ大学に通っていたか、大学時代に知り合ったらしいのだが、あまりに要領を得ない説明だったので結局どっちなのかよくわからなかった。こんなに明朗かつ快活に喋るのに、なにを言っているのかわからないということもあるのだ。

わたしは適当に相槌を打ちつつ、俯いてしまった森くんをちらちらと見た。前はもっとほっぺたがふっくらしてかわいい感じだったのに、今はなんというか、全体的にくすんでいる。

二年前に街中でばったり会った。森くんはその前日に内定をもらったばかりで、全身から喜びのオーラを発散させていた。聞けばわたしでも知っているような有名な会社で、すこし意外な気はしたものの、まじめで善良な人が報われるんだから世の中捨てたもんじゃないな、と感慨深かった。見上げた空がちょっとだけ美しく見えたほどだ。もちろん「それに引きかえわたしときたら」と一瞬、卑屈な思いがよぎらなかったと言えば嘘になる。でもすなおに祝福する気持ちのほうが大きかった。

それなのにこのくすみは、不幸のオーラは、いったいどういうことなのか。そしてこのハキ男のうさんくささときたら。

気になるが、いつまでもこのテーブルにへばりついているわけにはいかない。いったん厨房に引き返そうとし、その途中で他のテーブルの客に呼ばれた。

『ヤンおばさんの店』は関西を中心に展開する中華系ファミリーレストランチェーンだ。イメージキャラクターはふくよかな中年女性の「ヤンおばさん」で、彼女が笑顔でせいろを差し出す絵が、看板にもメニューの表紙にも描かれている。

ヤンおばさんと聞いて、すぐに魯迅《ろじん》の『故郷』という小説を思い出した。中学の国語の教科書に載っていた。コンパスそっくりの足を持つ、昔は豆腐屋小町と呼ばれていたという、あのヤンおばさん。非常にインパクトのある登場人物だった。

だから、この店のふくよかなイメージキャラクターのヤンおばさんに当初はずいぶん違和感があったが、今ではもう慣れた。

午後九時の店内の客の入りは六割といったところで、これは平日のヤンおばではめずらしい繁盛っぷりであると言えた。店長は喜んでいるが、わたしとしてはあまりありがたくない。配膳とバッシングの合間に森くんたちの会話を盗み聞きしたいのに、なかなかその暇がないのだ。しかたなく、同僚の留学生である劉《りゅう》くんにお願いした。留学生といっても劉くんはものすごい勉強家なのでそこらへんの日本人よりずっと日本語が堪能だし、わたしが知らないようなことわざや慣用句、文学作品や伝統文化を知っている。

劉くんはさりげなく森くんたちのテーブルに近づいて、戻ってくるなりわたしに「永瀬、あれはまちがいない」と告げた。

「やっぱり？」

「完全にそう」

わたしは首を伸ばして、森くんの様子を窺う。下を向きすぎて、ほとんど項垂《うなだ》れているように見える。

森くんがグラスを片手に立ち上がったのを確認して、わたしはドリンクバーコーナーに先回りした。

暗い顔でコーラを注いでいる森くんの背後に近づき、「逃げや」と低い声で告げる。森くんはぎょっとしたように飛びのいた。コーラがすこしだけ床にこぼれる。

「びっくりした。なに？」

「今すぐ、あの男から逃げたほうがいいって言うてんの。なんならこのまま裏口から外に出してあげてもええよ。荷物、席に置いてないよな？」

「なに言うてんの、永瀬さん」

ははは、と森くんは笑ったが、頬が引きつっていた。

「森くんかて、とっくにわかってるやろ」

わたしはハキ男のほうを気にしながら小声で続けた。

「あれ、ネズミ講や」

ハキ男のあの一種独特の空虚な明るさ。劉くんが聞きとった「仲間と一緒に夢を叶える、サークルみたいなもんやと思ってほしいねん。そのうえお金も稼げる、なりたい自分になれる。最高やと思わへん？」という言葉。どう考えてもそうだ。店内でしょっちゅうそういうやりとりを見ているので、ヤンおばのバイトはネズミ講に対する勘が研ぎ澄まされている。

森くんは「そんなん……失礼やろ、逃げるとか」とテーブルに戻っていこうとする。その腕を「やめときって」と摑んだ。森くんは小さくため息をついて、わたしの手を振りほどく。

「そうや。勧誘されてるよ。でも、ちゃんと断るから」

「ほんまに？　はっきり言える？」

「言えるって。しつこいな」

森くんは嫌そうな顔でわたしに背を向け、テーブルに戻った。


そのあとはどうなったのか、わからない。わたしが他の客の「点心セットAがメニューの写真とちがって貧相である」というクレームを受けているあいだに、森くんたちはそろって店を出てしまっていた。劉くんによるとハキ男はちょっと怒っているようだったので、おそらく勧誘に失敗したのではないか、とのことだった。森くんの携帯に電話をしてみたが、出てくれなかった。実家に電話をすれば連絡がつくのかもしれないが、そこまでする必要もないだろう。森くんはあの時わたしをちょっと疎ましそうな目で見ていたし、というかはっきり「しつこいな」と言われている。

わたし自身も忙しかった。バイトは週五日で入っており、あとの二日は本業の制作作業で忙しい。ワイヤーとビーズのアクセサリーをつくるのがわたしの本業であると思っているのは、この世でわたしだけかもしれない。両親も姉も友人たちも、ただの趣味兼おこづかい稼ぎだと思っている。

日曜の朝、わたしは新しくつくった指輪とネックレスを持って、レンタルボックスに向

2005年4月

かった。

街を歩く女の子はストリートっぽい子、フェミニンなスタイルの子、モードっぽい子とさまざまで、見ているだけで楽しかった。わたしが子どもの頃、若い女の人はもっと大々的な流行に沿って、みなが同じような髪形と同じような服装をしていたような気がする。

今はその頃よりずっと、多様なものを選べる。だからわたしのアクセサリーを好む人はきっといると信じている。

レンタルボックスの周辺は大阪空襲を逃れたエリアで、古い家並みが残っている。町屋再生プロジェクトによって、長屋を改装した素敵なカフェや雑貨屋がたくさんある。わたしがアクセサリーを置かせてもらっているレンタルボックスは、そうした長屋の並ぶ通りからさらに奥まった、雑居ビルの一階にあった。

三十センチ四方の箱がひとつ、それがわたしの店だ。店内にはさまざまなハンドメイド作品を展示した箱が棚のように積み上げられ、奥までずうっと続いている。およそ四十人以上のハンドメイド作家の商品がここで買えるのだが、わたしのアクセサリーに目をとめてもらえることはほとんどない。買ってもらえることはもっとない。

並べていたボルドーやモスグリーンなど、しっとりした深い色合いのネックレスを撤去し、パステルカラーやぱきっとしたブルーのアクセサリーを並べた。七分袖や半袖を着ることの多い春夏に向けて、ブレスレットの需要を見込んで多めにつくってきた。

大ぶりのビーズを使ってわざとおもちゃっぽく仕上げたネックレスは、カジュアルなT

シャツに合わせてもかわいい。セットで着用できるよう、色を合わせた指輪もたくさん用意した。どうか売れますように、と祈りながら並べていく。

一度フリーマーケットに出店したこともあるのだが、指輪やブレスレットをいじくりまわしたあげく「これで千円？　たっか！」と放り出していく人がほとんどだった。泣いてはいけない、これぐらいで泣いていたらやっていけない、と自らを戒め、笑顔を保った。ちょっとでも口角が下がりそうになったら、人さし指でぎゅうぎゅう押し上げた。そのせいで今度は不自然な笑顔がはりついたようになってしまい、電車に乗ってもトイレに入ってもずっとにたにた笑っている不気味な人になった。

自分の商品を並べ終えて、他の人の商品を観察する。売れている人はディスプレイのしかたからしてわたしとはちがう。そのことに気づいたのは、恥ずかしながらつい最近のことだった。ただ漫然と並べるのではなく、洋書やガラス瓶、フォトフレームなどを使って立体的に配置してある。技を盗もうと顔を近づけてじっくり観察していると、隣に人の気配を感じた。

高峰が立っていたので、思わず「うわっ」と声が漏れた。高峰はわたしの商品を手に取り、しげしげと眺めている。

「これ、針金を編んでつくってんのか」

高峰は去年、社長になった。もともと継ぐ予定ではあったが、十年ぐらいはよそで会社勤めをして経験を積んでから、という心づもりでいたものの、そうならなかった。

2005年4月

わたしの母は「いくら親の会社や言うても、社会経験もない子がいきなり経営はきびしいんちゃうか」と心配していたが、実務的なことはすべてふたりの古株の社員がやっていて、問題はなさそうだった。

「なんやねん、しけた面して」

高峰は、身体の内側から発光しているかのようにまぶしかった。みなぎる自信というものは、なによりもその人を輝かせるアクセサリーになる。

「なにしに来たん？　それ、あんまりいじくりまわさんといてな。変形しやすいねん」

「なにって、ショッピングや。ショッピング」

なあ侑、と高峰が店の奥に向かって声をかけると、森くんがのっそりと姿を現した。

「侑になんか見繕ってやって。女の子の好きそうなもん」

森くんは気まずそうにわたしに近づいてきた。

「もうすぐ彼女の誕生日やねん」

「ああ、それで、プレゼント？」

わたしは自分のアクセサリーを売りつけるチャンスだと思ったけれども、森くんによる恋人に関する「服は……どっちか言うたら男っぽい感じ。スカートはぜんぜん穿《は》かへんな」「たまに古着とか着てるかな」「なんやったっけアメリカの、漫画のキャラクターの……あれが好きみたいでグッズあつめてる」という情報から判断するに、その子の趣味にはまったく合わなそうだった。店の入り口付近に、アメリカの一九五〇年代頃のビンテージパーツを使って小物をつくっている作家さんの箱があったことを思い出して、そちらに誘導する。

「その子、名前なんていうの」

「ミコちゃん」

「ミコちゃんね、わかった」

名前を知ると、いきなりひとりの人間になる。「森くんの恋人」なんていう、付属物みたいな存在じゃなく。

プラスチックのボタンのピアスを手に取り、ピアス開けてる子ならこれとかええんちゃう、と森くんにすすめた。

「ボーイッシュなファッションの子がつけたらかわいいと思うけど」

「じゃあ、これにしようかな」

森くんはポケットから財布を出しながら小声で「永瀬さん」と呼ぶ。

「なに?」

「このあいだのやつ、ちゃんと断ったから」

囁《ささや》くような声だった。おそらく、すこし離れたところにいる高峰に聞こえないように気をつけたのだろう。だからわたしも、無言で頷いた。高峰はトルソーに着せかけられたフェイクファーを触って、その感触を楽しんでいるようだった。おそらくわたしたちの会話は耳に入っていない。

2005年4月

あれから一週間ぐらいしか経っていないのに、森くんはまたやつれたように見える。なんかさ、とさらに小さな声で続ける。

「変われるような気がしたから」

うまくいかない自分の人生が、なんかいいほうに転がっていくみたいな、なんかそんな気がしてん、アホみたいやろ、と言われて、じょうずに嘘がつけずに「アホみたいやね」と正直に答えてしまった。

「うまくいかないってなに？　仕事が？」

「まあ、うん」

でもそれは自分のせいなのだ、と森くんは言う。会社から求められるレベルに達してない自分が悪い。ミスを繰り返す自分が悪い。ミスをしたらそれを指摘されるのは当然のことなのに、いちいち傷つく自分が悪い、と本気で思っているらしい。

「そうかなあ。だって森くん、入社したばっかりやんか」

「いやもう、三年目やし」

「永瀬、今日バイト何時から？」

いきなり高峰が会話に割り込んできた。いつのまにかわたしたちの背後に立っている。

「三時から」

「じゃあ、飯行こ。ちょっと話したいことあるし。おごるから」

行こ行こ、と高峰はわたしと森くんの背中を押して歩き出す。

おごるから、と言われて、高峰のボンはいったいどんな高級料理をごちそうしてくれるんかしらとほんのり期待していたのだが、到着したのはヤンおばだった。

「ほら、おれこういう庶民的な店になかなか行く機会がないから」

「ああ、そうですか」

「時間になったらすぐバイト入れるし、便利やろ」

注文を取りにきた同僚に、チャーハンセットBで、ドリンクバーお願いします、とメニューも見ずに告げる。名前と顔ぐらいは知っているが同じ時間帯でシフトに入ることはほとんどないため、彼女がどんな人なのかはわからない。高峰を見た瞬間に「お、ええやん」と言いたげに目が輝いたので、顔のいい男が好きなのかもしれない。

それぞれに注文を済ませ、全員の飲みものがそろった。

「話ってなに?」

高峰は携帯電話を弄《いじ》っていたが、わたしが「なに?」と繰り返すと、それをポケットにしまった。

「永瀬、うちで働かへん?」

「は?」

高峰が会社を継いだあと、というよりはそのすこし前から、『ジュエリータカミネ』は休業状態だった。会社自体は順調だがそれはあくまで不動産部門の話であって、宝石店のほうは何年も前から営業不振が続いている。ジュエリー部門はこれを機会に畳んでしまったらどうか、という話も出ているらしい。

「せっかくやったら、なんか新しいことやりたいやん」

高峰は『ジュエリータカミネ』をリフォームジュエリーに特化したサロンにできないか、と考えているという。景気のよかった時代には宝石が飛ぶように売れたが、今は違う。飛ぶように売れた宝石は、どこへ消えたのか。きっと箪笥の、あるいは鏡台の引出しの奥深くに眠っている。今では古臭くて身につけられないデザインのジュエリーたちが、山ほど。これからはリフォームの時代が来る、いやおれがそういう時代にしてみせる、と熱っぽく主張する高峰に相槌を打ちながら、わたしはチャーハンを咀嚼《そしゃく》した。森くんは聞いているのかいないのかよくわからない表情で、メニューの杏仁豆腐の写真を眺めている。

「ただ社長椅子に座ってるだけなんて、おもんないやろ。おれじゃないとでけへんこと、したいやろ」

「ふーん」

「なんやその、気のない返事は！」

はー、とため息が漏れたのは、感心したからではない。どちらかというと、びっくり仰天している。

「永瀬、お前ジュエリーデザイナーになりたかったんやろ？　力を貸してくれ」

高校を卒業してから二年間、専門学校でジュエリーデザインを学んだ。就職活動は全滅だった。宝石店やメーカー、百貨店、ジュエリーブランドを持つアパレルメーカー、そのすべてからわたしは「否」をつきつけられた。専門学校でぱっとしなかったわたしだけでなく、学外のコンテストで賞をもらっていたような同級生ですら、結局ジュエリーともデザインとも無関係な企業に就職していた。それがせめてもの救いだったというか、「そういう時代だから」と言い訳ができた。わたしがだめだったわけじゃないんだ、と。

でも高峰はそういう時代に「する」と言う。時代を自分が変えたりつくったりできるものだと考えている高峰がちょっとだけまぶしくて、ちょっとだけうとましい。

わたしは先月、本部から「正社員にならないか」という誘いを受けている。そのことを正直に告白すると、高峰はぐるりと店内を見まわして「まさか、お前ずっとここにおるつもりか？」と笑った。先ほどの「庶民的な店」発言がよみがえってきて、思わず「は？」と低い声が出る。

「この店を馬鹿にせんといて。わたしはね、誇り持ってやってんの。だいたいあんた知らんやろ、ヤンおばさんがどんなにすばらしい人か」

イメージキャラクター「ヤンおばさん」のモデルは、創業者のお母さんだ。お腹を空かせた人を放っておけなかった祖母の家には、いつもたくさんの人があつまってきていました。知っている人も知らない人も関係なく、祖母は彼らのために大鍋にいっぱいの料理を用意してはふるまっていたのです。お腹がいっぱいになると、人は幸せになれますから。社内報で会長のインタビューを読んだ時、わたしは泣いた。自分もこんな立派な人になり

2005年4月

たいと、ほんの一瞬だけだがたしかにそう思った。

「馬鹿になんかしてへんよ。おれが言いたいのは、このバイトは永瀬がほんまにやりたかった仕事ではないやろ、ってことや。あーあジュエリーデザイナーになりたかったなあ、って思いながら毎日小籠包運んでんねやろ。それはヤンおばさんに対する冒瀆《ぼうとく》やで」

「うるさいわ、あんたにヤンおばさんのなにがわかんねん。だいたいわたしはそんなこと」

一ミリも考えていない、とは、どうしても言えなかった。高峰は「思ってないって？ほんまか？　ヤンおばさんに誓うか？」と言いつのる。窓に目をやると、ガラス面に描かれたヤンおばさんと目が合った。

「永瀬さん、なんか飲みもの、取ってこようか」

森くんがやや強引に会話に割って入ってきた。

「あ、うん。ジャスミンティーがいい」

「わかった」

立ち上がりながら、高峰に向かって「気持ちはわかるけど、ちょっと、言いすぎ」と小声で言ったのが聞こえた。

高峰はため息をついて、アイスティーを飲み干した。それでちょっと落ちついたらしい。

「じゃあ、ちょっと考えてみてくれへん？　詳細はあらためてメールでもするし」

「……わかった」

森くんが両手にグラスを持って、戻ってきた。そのあとは各自無言で料理を片づけた。高峰は一気に喋ってすこし疲れているようだったし、わたしは思いもよらない誘いに頭が混乱していたし、森くんはたまにこちらを気遣うように見るがなにも言わない。

「なあ、永瀬」

空になった皿が下げられたタイミングで、高峰があらたまった声を出した。リュックから小さなビロード張りの箱を取り出して、わたしに差し出す。見て、と言われて開くと、大ぶりの楕円のオパールのリングが入っていた。

「なに？　くれんの？」

そんなわけないやろアホか、と高峰が鼻を鳴らす。

「おれが今つきおうてる女が、おばあちゃんの形見にもらったもんや。古くさいデザインやから売ってしまおうかと思ったけど、たいした値段がつかへんかったらしい」

「へえ」

「永瀬がつくりかえるとしたら、どうする？　指輪以外で。二十代の女が身につけるとしたら」

わたしはオパールを前に、しばらく考えた。

「その人って、髪長くて色白くて痩せてて、目大きいんやろ？」

「え、会わせたことあったっけ？」

会ったことはないが、だいたい見当がつく。

2005年4月

「背はそんなに高くない。首も指も細い。服は白とかパステル系が多い。ヘアカラーは……してるけど、色は抑えめ」

「こわいこわいこわい、なんでわかんの？　千里眼？」

たんに歴代の彼女の外見的特徴を列挙しているだけなのだが、高峰は本気で怯えている。

このオパール、パールと合わせてみたいな。そう思ったらいてもたってもいられず、わたしはテーブル上のアンケートハガキ一枚とペンを取り、「ご自由にお書きください」の欄にネックレスを描きはじめた。パールは二連か三連にして、チョーカーっぽいネックレスにする。鉛筆じゃないから描きにくい。スケッチブックと鉛筆を持ってくればよかった。

他のテーブルの話し声や食器のぶつかりあう音が遠ざかる。自分がペンを動かす音以外は、なにも聞こえない。

どれくらいそうしていたのか。肩を叩かれてはっと顔を上げると、森くんの顔が目の前にあった。

「もう二時四十五分やけど、だいじょうぶ？　バイト、三時からじゃなかった？」

「あ、うん。行かな」

あたふたと身支度をするわたしをよそに、高峰はアンケートハガキをひらひらさせて「やっぱデザインやりたいんやんけ、お前」と笑った。森くんも笑っていたけど、なぜかすこしさびしそうに見えた。

そのあと、すぐに高峰から「詳細」に関するメールが送られてきた。福利厚生や給与についてなどの条件が意外なほど丁寧に綴られていて、高峰の知らない一面を見たように思った。

正直言って、ものすごく好待遇というわけではない。デザイン以外にも接客やその他の事務作業をやることを考えると、むしろ給料は安いのでは、とも思う。わたしの心をもっとも揺らしたのは、追伸として添えられていた《しずくは来年には職人として独立するらしい》という一文だった。

しずくが駒さんの工房で本格的に修業をはじめたのは十六歳の時だ。定時制高校に通いながら、一日も休まずに工房に通った。来年で十年になるから独立、ということか。独立といっても雇われ形式から自分で仕事を請け負うことになるだけで、引き続き『コマ工房』にいることには変わりがないらしいのだが。

わたしが時代のせいだとかなんとか嘯《うそぶ》いているうちにしずくはゆっくりと、でも確実に自分の道を歩いていて、いつのまにか到底追いつけないような地点にまで到達している。

とりあえずいっぺんだけでも見に来たら、と誘われて高峰ビルを訪れた。シャッターが閉まったままの店内は、ほんのりと埃っぽい。

「そこにソファーを置こうと思ってんねん」

高峰が、今は段ボールが積まれている一角を指さす。二階に連れていかれ、ここが事務所や、と見せられる。

2005年4月

「ここも内装やりかえて、きれいにする」

「事務所も？　それはええんちゃう？　だってこっちには、お客さんは入ってこんのやろ」

わたしは古い事務机の椅子を引いて座る。たしかに新しくはないが、じゅうぶん使えそうだ。

「お店のほうの改装でいっぱいお金使うやろうしさ。わたしには経営のことはようわからへんけど、節約するところはしたほうがええんちゃう？」

椅子を回転させたら、ぎい、という嫌な音がした。高峰は机に座って腕組みしていたが、突然天井を仰いで、カーと奇声を発した。

「え、なに？」

「それや」

高峰はこわいぐらい目を輝かせながら机から降りて、わたしのそばにひざまずいた。ぎょっとして上体を反らす。近い。距離が近い。

「永瀬のそういうしみったれた感性を、うちの会社でぞんぶんに生かしてほしいんや」

「しみったれ……意味わかって使ってる？　悪口やでそれ」

「ほら、おれ金で苦労したことないやん？　生まれた時から」

なに言うてんのこの人、と絶句したが、話を聞くうちに、どうやら高峰はそれが自分の唯一の欠点であると本気で思っているらしいことがわかってきた。

「補ってくれや、永瀬。おれの、恵まれた人間ゆえに欠落している部分を。おれにはお前しかおらへんから」

おれにはお前しかおらへん。そこだけ抜き出せば愛の告白のようだが、どう考えても愛の告白ではなかった。

「まだ働くって決めたわけちゃうし」

わたしは握手を求めてくる高峰をかわし、窓辺に逃げた。

「森くんに補ってもらえば」

「は？　なんやそれ。なんで、ここで侑の名前が出てくんの」

高峰が怪訝《けげん》そうに目を細める。

「なんでって」

思わず言い淀む。森くんのうつろな眼差しやこけた頬を思い出して、しばらく言葉が出なかった。

「仕事、うまくいってへんみたい。誘ってあげたら。高峰と一緒なら、森くんもたぶん」

「おい、勘違いすんなよ、永瀬」

高峰の表情が一気に険しくなって、思わず身体が竦んだ。

「おれは永瀬が二十五歳にもなって正社員にもならんとおもちゃみたいなアクセサリーつくって小銭稼いでんのがかわいそうで会社に誘ってんのんとちゃうで」

「あんたさっきから重ね重ね失礼やで」

高峰は意に介さぬ様子で喋り続ける。

「永瀬が必要やと冷静に判断してのことやから。たしかに侑は今、仕事で悩んでるんかもしれん。でも、だからってなんでおれがあいつを拾ってやらなあかんの。侑の問題は、侑が解決するべきや」

「そうかもしれん」

高峰は「侑は友だちや」と静かに呟き、息を吐いた。

「でも、それとこれとはべつや。あんましょうもないこと言わんといてくれ」

「うん」

よけいなこと言うてごめん、と下を向いて言った。

なあ、とわたしは高峰に顔を向ける。

「なんでリフォームジュエリーなん？」

「言うたやろ、新しいこと、って」

高峰はしばらく「あー」とか「んー」とか要領をえないことを呻いていたが、やがて話しはじめた。永瀬にだけ言う、と前置きして。

「おれは、永遠に触れたい」

「永遠？」

「あ、今のちょっとかっこよすぎた？　ごめん」

「そういうのええから、はよ言うて」

「うん。おれの親父な、宝石売ってたやんか。子どもの頃からおれも将来は会社を継いで、同じように宝石を売って売って売りまくるんやろなと思ってた。でも、ちがう。ちがうと思ったんや。ちがうことがしたくなった。だっておれの親父がそうやって売って売って売りまくった指輪やイヤリングは、たぶん今ほとんど簞笥かなんかの奥にしまい込まれて、忘れ去られてる。それって、なんやすごいさびしいことやと思わへん？　永瀬、おれがしたいのは、そういう忘れられたジュエリーを新しい姿によみがえらせることなんや。そうやって手から手に受け継がれて、永遠に愛されていく、その手伝いをするってこと。姿が変わっても残る。それって、自分の仕事がずっと残るってことちゃう？」

　時代や手にする人に合わせて姿を変えながら受け継がれていくものをつくりたい、それが高峰の言う、「永遠」に触れる、ということのようだった。

「なんでわたしなん」

　高峰は両腕を組んで、しばらく下を向いていた。ごく小さい声でなにか言い、わたしは「え？　なんて？」と訊き返した。

「信頼してるから、や」

　言いながら鼻をスンと鳴らした。わたしを信頼していることも、それをわたしに打ち明けることも、高峰にとってはひどく不本意なことのようだった。

「ジュエリーデザイナーとしての才能を見込んで、とかではないんや」

「あ、そっちのほうがよかったか？　わかった、ええか？　よう聞きや。おれは永瀬の才能を」

「うるさい。もう黙って」

わたしに鋭く遮られ、高峰は小さく咳払いをしてから、書類ケースから一枚の紙を取り出す。雫型にTの文字を組み合わせた、ロゴマークのようだった。『ジュエリータカミネ』をリフォームジュエリーの店にする際にあわせて、名刺などに印刷するつもりだという。

「雫型や」

「そうや。永遠っていう意味やって、中学の時に永瀬が教えてくれたな」

高峰は勘ちがいをしている。わたしではなく田村先生が言っていたことなのに。わたしとちゃうで、と訂正しながら、そのロゴマークから目が離せなかった。

「話はわかった。とりあえず今日は帰るけど、あらためて返事する」

わたしがそう言うと、高峰はなにか言いたいことが百個ぐらいありそうな表情を浮かべながらも、意外とあっさり了承してくれた。上の階の『コマ工房』に顔を出して帰るという高峰と、廊下で向かい合う。

「あ、永瀬も行くやろ?」

すこし考えて、首を横に振る。

「なんで?　しずくに会って行かへんの?」

「今、まだ迷ってるから。ちゃんとどうするか決めてから、それから会いに行く」

二十歳までのわたしは、迷った時やどうすればいいのかわからない時は決まってしずくに会いに行っていた。あの子の迷いのなさに縋っていた。でも今は、ただ背中を押してもらうためだけにしずくに会いに行くのはちがうと思った。

「自信を持って、こっちを選んだよって言えるようになってから、あらためて会いに行く」

高峰は存外やさしい声で、そうか、と答えた。

そのまま帰ろうかと思ったが、なんとなく屋上にあがってみたくなった。屋上はテナントの人がときどき休憩などに利用する場所で、しずくもときどきそこで昼食をとると聞いたことがある。

白いタオルがたくさん干してあった。どうやら、三階のエステサロンのものであるらしい。鉢植えもたくさん並べてあって、「レモン」「アロエ」などと書かれた木札がさしてあった。

張りめぐらされた金網に近づいていく。そこからの景色を眺めているうちに、森くんともう一度話さなければならない、と思えてきた。

侑は友だちや、と高峰は言った。でもそれとこれとはべつや、と。そのとおりだ。いくら友だちでも、助けられない時はある。でも、助けられないとわかっていても、わたしは森くんに手を差し伸べたかった。

携帯電話を取り出し、森くんの番号を呼び出す。すぐに電話に出てくれた森くんに問いかけた。

「森くん？　聞こえる？」

電車のアナウンスが聞こえる。

「永瀬さん？　今どこにおんの？」

「高峰ビルの屋上やけど」

どう切り出そうか迷った。話がある、と言えばいいのだろうか。しかし森くんは「すぐ行くから。な、そこで待ってて」とやけに切羽詰まった声で言い、電話を切った。

希望というものは、ではじまる『故郷』の結びの一文を、かつて森くんがすらすらと暗唱してみせたことがあった。思い出すと涙が出そうで、上を向いてまばたきを繰り返していると、森くんが姿を現した。急いで来てくれたらしく、肩が上下に動いている。

「どうしたん？」

どうしたもこうしたも、と森くんが呼吸を整えるあいまに言う。

「屋上におるなんて言うから、飛びおりるつもりかと」

「まさか」

「永瀬さんにかぎってまさかって思ったけど、でも、心配やったから」

だから走ってきたと言う森くんを見ていたら、また泣きそうになった。森くんはこんなに痩せて、うつろな目をしていても、まだ友だちのために走れるのだ。

まちがっている。森くんのようなやさしい人がこんなふうに参っていく世界は、どう考えてもまちがっている。

「飛びおりたりはせえへんよ」

「よかった」

「これ、森くんに見てほしいなって思って。せやから電話したんや」

金網の向こうを指さす。そこから見える無数のビルを。

「会社って、こんないっぱいあるんやで。ここから見えるだけでも、こんなに。すごくない？　わたしさ、就職活動全滅した時、世の中に会社っていっぱいあるのに、わたしのこと欲しいと思う会社はひとつもないねんなって思った。でも、わたしが履歴書送ったり面接受けたりした会社なんて、たいした数ちゃうねん。地球規模で考えたら」

「地球規模って」

森くんはわけがわからない、という顔でわたしを見つめている。

わたしのつくるアクセサリーはどれも歪《いびつ》だ。デザインはできても制作は下手で、どんなに頑張っても、いつも完璧にならない。

ときどき「しずくはいいな」と思ってしまい、同じだけ、しずくほどの努力をしたわけでもないくせに成果だけ欲しがって羨望する自分のあさましさが嫌になる。

「会社、こんなにいっぱいあんねんから、ぜったいあるよ。どっかにあるよ、もっと森くんに合う会社」

風が吹いた。植木鉢から落ちたらしい葉っぱが飛んできて、わたしの靴の甲に乗っかる。森くんは金網の向こうを見つめていた。また風が吹いて、葉っぱはどこかに飛んでいった。

「ほんまに、あるんかなあ」

震える声で、森くんが言った。あったらええねんけどなあ、と。

「ぜったいある」

わたしの返事を聞くなり、森くんは金網を両手で摑んだまま、子どもみたいに声を上げて泣き出した。わたしはその隣に立って、いつか今日のことを笑って話せる日が来たらいいな、と思っていた。何年、何十年先だってかまわないから、きっといつか。

2000年8月

アイスカフェオレにするか、それともアイスミルクティーにするかで悩みに悩んで、二十分ぐらい自動販売機の前を行ったり来たりしたあとカフェオレのボタンを押した。缶を取り出しながら、ほんとうはミルクティーが飲みたかったのだと気がついた。わたしは悩めば悩むほど、まちがったほうを選ぶ確率が高くなる。

またやってしまった、と思った瞬間に、しずくの顔が見たくなった。

駒さんの工房には「いつでも遊びに来てええよ」と言われているけど、真に受けてしょっちゅう通い詰めたりしたらさすがに迷惑だろう。

十分だけ。自分に言い聞かせて、目についた洋菓子店に入った。焼き菓子の詰め合わせを買って、地下鉄の駅を探し歩いた。

暑くて暑くて、吐きそうだと思いながらふらふら歩いていたら、煙草《たばこ》をくわえて歩いてきた男と肩がぶつかった。すみません、と謝ったが、舌打ちされた。あの男がこの先自動販売機に入れる千円札がぜんぶ戻ってきますように、食べるポテトチップスがぜんぶ粉々に砕けてますように、とみみっちく呪いながら歩き続ける。

電車の中で紺色のリクルートスーツにひっつめ髪の女子グループを見かけた。数人連れだって乗車してきて、つり革に摑まってにぎやかにお喋りしている。

長椅子に座っていたわたしは、自分の服装を見下ろした。同じようなかっこうをしているのに、わたしのほうがみすぼらしい。クリーニング代の節約のためにスーツを自宅で洗濯したせいでちょっと型崩れしているし、ローヒールのかかとはもうずいぶんすり減ってしまっている。

リクルートスーツは没個性の象徴として語られがちだけれども、わたしから見れば同じようなかっこうをしているぶん、個々のちょっとしたちがいが際立つ。わたしのだめさも、たぶん浮き彫りになってしまっている。

なにひとついいことがない。内定はもらえないし、ふすまは死ぬし。ふすまは天寿をまっとうしたと獣医さんは言ったけど、わたしのせいかもしれない。わたしがもっと幸運の星の下に生まれた人間だったら、飼い犬だってもっともっと長生きできたんじゃないだろうか。

合コンで知り合い、このあいだまでつきあっていた男は既婚者だった。妻を名乗る人物が怒りに満ちた電話をかけてきて、それで発覚したのだ。たしかに年上だったけれどもまだ二十五歳だし、まさか結婚しているなんて思いもしなかった。知らなかったとはいえ、たった三か月とはいえ、あんな不道徳なことをした。その罰として、神さまはわたしに内定を与えないことに決めたのかもしれない。

2000年8月

いけない。また卑屈になっている。いけない。面接の手応えがなかったからなんだ。いつものことじゃないか。だめだ、よけいに卑屈になりそうだ。

アナウンスが降車駅の名を告げる。わたしは精いっぱい背筋を伸ばして、電車を降りた。

地下鉄の駅を降りて、地上への階段をのぼっていくと、巨大な消費者金融の看板に出迎えられた。前はちがう看板だったような気がするけれども、なんだったかは思い出せない。暑さと疲れで朦朧《もうろう》とした頭で見る風景は灰色がかっていて、こんなにたくさんビルがあって、そのたぶんすべての階にいろんな会社が入っていて、なのになんでわたしに内定をくれる会社はひとつもないんだろうと思う。紺色の制服を着た女の人やスーツ姿の男の人とすれちがい、あの人たちもわたしみたいにしんどい就職活動をしたんだろうか、それとももっと楽な時代に生まれたんだろうかと暗い気持ちで想像をめぐらせた。行く手に燦然《さんぜん》と輝く高峰ビルが見えてくる。


「気遣わんでええのに」

てい子さんはわたしが差し出した焼き菓子入りの紙袋を覗き込んでいる。ええのに、と言いながらもう口もとがほころんでしまっているのがかわいい。駒さんの工房を訪ねたらてい子さんが出迎えてくれて、ちょっとほっとした。駒さんとしずくは作業に集中しているらしく、こちらを見もしなかった。熊本《くまもと》さんだけが振り向いて、会釈してくれる。

熊本さんは背の高い男の人で、歳はたぶん二十代後半だと思う。三年前まで会社員だったらしい。手に職をつけたい、と言って駒さんに弟子入りした。しずくにとっては弟弟子ということになるのだろうか。弟弟子、とは妙な言葉だ。弟が連続していて字面が変だし、「オトウトデシ」ではなく「デデシ」と読みたくなる。

てい子さんはこまごました経理や雑用などを手伝っている。いつも工房にいるわけではない。この人がいるのといないのとでは、訪ねやすさに差がある。今日いてくれて、ほんとうによかった。

「お茶淹れるから、永瀬さんも一緒にこのお菓子食べようや」

すこしだけ、と思っていたのに、てい子さんの言葉に甘えて椅子に腰を下ろしてしまう。

「就職活動、どう?」

てい子さんは言い淀むわたしの表情で、すべてを察したようだった。大変やなあ、と眉を下げて、マドレーヌを齧る。

「お父さんたちも休憩したら?　永瀬さんがおいしいお菓子を差し入れしてくれたから」

お菓子、と聞いて、作業台に向かっていた駒さんが振り返った。にこにこしながらこっちにやって来る。てい子さんはポットの湯を足しに、共同の給湯室に行ってしまった。しずくは糸鋸《いとのこぎり》で、細長い金属を切っている。

「あれ、指輪ですか?」

焼き菓子の詰め合わせからレーズンサンドを選んだ駒さんが「そうや」とぼそりと教えてくれる。あの金属をすこしずつ木槌《きづち》で叩いて伸ばしながら丸く曲げて、つなげる。しずくの表情は真剣そのものだ。

熊本さんは木台の前で金槌をふるっていた。あっちはブローチや、と駒さんが教えてくれる。手つきを眺めていた駒さんの表情がふっと険しくなったので、あんまりうまくない感じなのかな、と心配になった。

ふたたび、しずくに視線を向ける。しずくは中学生の時「高校には行かない。一日でも早く『コマ工房』で修業する」と宣言した。あの頃はもうすこしいろんな可能性を考えてみてもいいのにと思っていたけど、今はその迷いのなさがうらやましい。就職活動をせずに済むしずくがうらやましい。部屋に誰が入ってきても気がつかないほど集中できる仕事に就いたしずくが、心の底からうらやましくてたまらない。

熊本さんがつくりかけのブローチを手に、しずくに歩み寄った。小声でなにごとかを話しかけた熊本さんに対して、しずくが手をとめて答えている。ふたりは二言三言言葉をかわし、熊本さんが「あんま、無理すんなよ」と言うのが聞こえた。

「えっ」

思わず声が漏れたのは、熊本さんがしずくの頭をぽんぽんと軽く叩いたためだ。小さな子ども、あるいは恋人に対してするような仕草だった。

熊本さんが木台の前に戻る。なぜか薄く微笑みながら俯いていた。だから、彼にはきっと見えなかっただろう。しずくがゴミでもふるい落とすように、頭を横に大きく振ったのを。わたしはしずくが、なにか助けを求めるサインを出しはしないかと、息をつめて見つめ続けたが、しずくはこちらを見もしなかった。

中学を卒業してからずっと、しずくはひとり暮らしをしている。と言っても、駒さんの自宅のすぐ裏にあるアパートだ。つい最近まで、食事はずっと駒田家で食べていた。「身体壊したら職人はおしまいやから。食べるのも仕事のうち」と言われて、そういうものかと思っていたらしい。

アパートに寄ってもいいかと訊くと、しずくは無表情で頷いた。朝出がけに母と喧嘩したから帰りづらいのだと説明した時も、やっぱり同じように頷いただけだった。

喧嘩の理由はわたしの就職がなかなか決まらないことで、誰よりもわたしがいちばん焦っているのに「どうすんの」「どうすんの」としつこいので、つい声を荒らげてしまったのだった。適当にファミリーレストランかどこかで時間をつぶし、母が寝ている時間に帰ろうと思っていたのだが、手土産に焼き菓子の詰め合わせを買ったせいで所持金が心許なくなった。

「永瀬さんって卵、焼ける?」

「卵?」

よくよく聞いてみると、しずくは最近ようやく目玉焼きが焼けるようになり、自慢したいようだった。わたしは料理に関しては母からみっちりしこまれたので目玉焼きはもちろんオムレツも、だし巻きも、茶碗蒸しもつくれるのだが、しずくをがっかりさせたくない。

「すごいやん。目玉焼きって意外と難しいもんな」

「うん」

帰ったら焼くね。しずくはそう言って、へへ、と笑った。しずくはめったに笑わない。ほんとうに心底うれしい時か、楽しい時にしか笑わない。

「え、わたしに食べさせてくれるってこと？」

「うん」

しずくに料理をふるまってもらう日が来るとは、想像していなかった。やったー、とはしゃいで、歩く足を速める。


しずくの部屋にはほとんど物がない。畳の六畳間に低いテーブルと、カラーボックスが置かれている。テレビもステレオも、しずくの住まいには存在しない。布団はおそらく、押し入れにしまわれているのだろう。

カラーボックスには鉱物図鑑や鍛造に関する本などが入っていて、雑貨だとか化粧品だとか、そういったものはいっさい見当たらなかった。なんなら鏡さえも置かれていない。

それでも座布団はちゃんと二枚ある。この部屋に客が来ることを想定しているしずくは、けっして人嫌いではないのだと思う。

カラーボックスの上に白い封筒がいくつか重ねて置いてあった。木下博司《ひろし》という署名があり、それがいずれもしずくの父からの手紙であることを知る。封が切られていないところを見ると、しずくはこれらを読んでいないらしい。それでも捨てたり送り返したりしないのは、どうしてなのだろう。本人に確かめるのははばかられる。

入念に手を洗ったのち、しずくはフライパンに慎重な手つきで卵をふたつ割り入れた。フライ返しを握りしめたまま、真剣な顔で卵が焼ける様子を見つめている。白身の縁が茶色く色づきながらじわじわと縮んでいくのを、しずくの隣に立って見守った。思えば、こんなにじっくりと目玉焼きが出来上がる過程を観察するのははじめてのような気がする。わたしは卵が焼けるほんの数分さえじっと立っていることができず、「今のうちに皿の一枚でも洗っとくか」「ゴミまとめとくか」と他の作業をはじめてしまう。マルチタスクといえば聞こえがいいけれども、たんに気が散っているだけとも言える。

こういうところなんかなあ、と無意識にひとりごとを言っていた。しずくとわたしのちがいは、こういうところなのだ、きっと。まっすぐな一本の道を歩むしずくと、寄り道ばかりするわたしは、おそらく同じ場所にはたどり着けない。

「なんか、手伝うことある？」

「じゃあ、ご飯をよそってほしい」

洗いもののカゴにある茶碗と汁碗に、小さな炊飯器のご飯をよそう。ご飯茶碗はひとつしかないらしい。

ご飯の上に目玉焼きを載せて、醤油《しょうゆ》を垂らす。お父さんとふたり暮らしの時によくこうやって食べていた、としずくは言った。

2000年8月

「ああ、あのお父さんね」

あやうく舌打ちしそうになり、ご飯の湯気に噎《む》せたふりをしてごまかす。しずくの実の父親のことを「クズである」と評する人がいる。わたしもそう思う。子どもを不安にさせる大人はもれなくクズだ。

目玉焼きに箸を入れると、黄身がとろりと流れ出して、ご飯粒のあいだに染み込んでいく。ひとくち食べて、わ、と声を上げてしまう。ただご飯に目玉焼きを載せただけなのに、ものすごくおいしかった。

「おいしいよね」

しずくが笑った。今日、二度目だ。

テレビも、ラジオもない。しずくもあまり喋らないから、部屋の中はしんとしている。でもそれがかえって心地いい。「就職活動はどう」とか「将来のこと、どう考えてんの」とか、そんなことを訊かない相手と一緒にいると、ほんとうに気が楽だ。

目玉焼きご飯のお礼にと、洗いものはわたしがさせてもらった。しずくはしきりに恐縮しているが、たいした量ではないのですぐに洗い終えてしまう。

「あ、そういえばさ」

先週高峰から電話がかかってきたことを思い出して、ふきんで茶碗を拭いているしずくに話しかける。

「みんなで会おうって、高峰が」

「みんな？」

「わたしとしずくと、高峰と森くん、かな」

しずくは「うーん」と言ったっきり、黙り込んでしまった。

「え、嫌？」

「嫌じゃないけど」

けど、なんなのだろう。しずくは親指の爪を唇の下にあてて、じっと考え込んでいる。

「人数が多いのはちょっと」

考えに考えた末に出てきた言葉がそれだった。人数が増えると、誰と喋っているのかよくわからなくなる。なにか質問をされてその答えを考えているうちにどんどん会話が進んでいって、置いていかれたようになる。しずくが長い時間をかけてぽつりぽつりと喋ったことをまとめると、そういう話だった。まあたしかにこれだけ喋るのに時間がかかる人間は、一対一以外の会話には向いていないだろう。これまでもしずくは、一度に大勢と話す機会を避けていたような気がする。わたしはときどき、わかっていないのにわかっているふりをしたり、よく考えずに「そうかもしれんねー」などと安易に同調してしまうことがある。会話の流れをとめるのがこわい。

「森くんや高峰が苦手とか、そういうことではない？」

しずくは大きく頷いた。一切の逡巡が感じられず、そのことに安堵する。なんとなくだけど、もしかしてしずくは男の人があまり好きじゃないんだろうか、と思っていたから。

そういえば、男の人とつきあったことはあるのだろうか。これまでのしずくには異性の影はいっさいなかった。一度だけ、女の人と歩いているのを見かけたことがある。わたしたちよりはだいぶ年上に見えた。ただの友人ではない気がした。なぜと訊かれてもうまく説明できないが、女の人がしずくを見る目が、そしてしずくがその女の人に向ける表情が、なんとなく恋人同士のものだという気がした。

そこまで考えてから、ずっと気になっていたことを訊くなら今だと思った。

「熊本さんは？」

わかりやすくしずくの表情が、影がさしたように暗くなった。ああやっぱり、気のせいじゃなかったんや、と思う。

前々から、気にはなっていたのだ。しずくに対する熊本さんの態度が妙になれなれしいというか、「近い」感じがすることが。

まず、弟弟子なのにしずくに対して敬語を使わない。まあそれは年上という事実から来る態度なのかもしれないが、「自分より若い女」への侮りがそうさせるのではないか。

あと、今日のようにやたら気安くしずくに触るのも気になる。以前、休憩中に熊本さんがしずくに「今、何分？」と訊くなりしずくの手首を摑んで腕時計の表示をたしかめたことがあって、ものすごくびっくりした。

「あの時のこと、てい子さんとかには話した？」

「うん」

てい子さんは慌てふためいて「手だけ？　大事なところは触られてへんやろね？」と訊ねた。手だけだと言ったら、「ああ、そんなら、まあ」という反応だった。それでおおげさに考えすぎているのではないかとしずくは思い直し、つい「だいじょうぶです」と言ってしまった。

「ぜんぜん、だいじょうぶちゃうやん」

だいたい「大事なところ」ってどこなのだろう。性器か？　胸か？　それとも臀部《でんぶ》か？　たんなる身体の一部であるのに、勝手に性的なものとされ、時に大小や形状について揶《や》揄《ゆ》され、賞賛され、失望され、評価され、消費される。そのことに、わたしはほとほとうんざりしている。

てい子さんだってべつに、しずくが感じた違和感を「たいしたことじゃない」と考えているわけではないと思う。というか、そうであってほしい。

手や頭を触られるのは、たとえば胸などを触られることに比べたら、ほんとうに「たいしたことじゃない」のだろうか？

「でも、大事じゃないとこなんかなくない？　人間の身体で」

わたしが言うと、しずくは目を大きく見開いた。

「……そうだね」

そうだよね、と頷いて、しずくはふきんを畳んだ。

2000年8月

嫌やったらその都度駒さんかてい子さんに言いや、ええな、しつこいぐらい言わなあかんで、と繰り返してしずくのアパートを出てきたはいいが、とはいえあの子には難しいだろうとも思う。しずくは「助けて」と言えない。人に頼るということが、どうにもうまくない。中学生の頃だって、なにか困ったことがあった時に助けを求められるようにとふたりでサインを考えたのだが、これまでほとんど使ったことがなかった。

気にはなったが、わたしにも生活というものがある。履歴書を書いては出し、面接を受け、落ち、バイトに明け暮れ、そうして二か月が過ぎた。

「永瀬さん、もう就職なんかせんと、うちでバイト続けたらええやん」

『ヤンおばさんの店』の店長から言われ、もうそれでもいいかな、と思いはじめるぐらい疲れ切っていた。

卓越したセンスとか、熱意とか、そういうものを持っているわけじゃない。そんなわたしがジュエリーデザイナーなんて、無謀な夢だったのかもしれない。高峰のように、会社経営者の家の子だというのならともかく。

永瀬家では、高峰の評判は芳しくない。母は高峰がわたしに電話をかけてくるたび、露骨に嫌な顔をする。

「あんた、都合のいい女になってない？」

困った時に頼りにされること。それを「利用する」と言うのなら、それはたしかにそうかもしれない。高峰はわたしを利用し、わたしもまた高峰だけでなく周囲のさまざまな人間を利用している。

　ある夜、高峰からまた電話がかかってきた。電話を取りつぐ際、母は受話器を自分の胸に押し当て、口角がこれ以上ないほど不機嫌そうに下がりきっている。

「なんなん、はよ貸して」

　つい声が尖った。母は答えず、わたしに受話器を押しつけて去っていく。保留にはなっていなかった。電話に出るなり、高峰がわたしの「なんなん、はよ貸して」を真似した。

「反抗期みたいな喋りかたすんなよ、二十歳にもなって」

「お母さん、わたしに電話かかってくるとめっちゃ嫌そうにするから」

　正確には母が嫌そうにするのは高峰からの電話だけなのだが、それは言わずにおいた。

「永瀬も携帯持ったらええのに」

　高峰はすでに自分の携帯電話を持っている。わたしはこれまで、ポケベルやPHSですらも持ったことがなかった。なくてもなんとかなったから、というのが主だが、経済的な理由が大きい。

「あ、ところでさ。駒さんとこに熊本ってやつ、おったやん」

　高峰が言うので、驚いて「え、うん」という声が大きくなった。台所にいた母が、ちらりととがめるような視線をわたしに向ける。

　高峰はいずれは会社を継ぐから、という理由で、たまに『ジュエリータカミネ』を手伝ったりしている。それで駒さんのところにもよく出入りしているのだ。

2000年8月

「あいつ、辞めたらしいで」

「え、なんで？」

「いや、それがようわからへんねん」

駒さんもはっきり言わへんし、しずくはずっと休んでるらしいし、と高峰が言う。

「休んでる？　具合悪いの？」

「それもようわからへん。永瀬やったらなんか知ってるかなと思って。おれが思うに、熊本となんかあったんちゃうかなって」

なにも知らない、と答えて、電話を切った。ちょうど明日はバイトも休みだ。面接の予定もないし、学校はまあ、行かなくてもだいじょうぶだろう。

「珠ちゃん。さっきの、なんの電話やったん？」

母がわたしをすくいあげるように見る。去年、父が死んだ。なんや最近さっぱり食欲がのうなってしもてなあ、と言い出し、病院で検査したら大きな腫瘍《しゅよう》が見つかった。二年ほど入院して、亡くなった。

しばらくはぼうぜんとしていた母だったが、その時期を過ぎると今まで以上に口うるさくなった。他人に対してやたら警戒するようになり、笑わなくなった。そうして、しっかりしないとなめられる、女ひとりだとなめられる、としきりに言う。誰にどうなめられるの、なにをこわがってんの、と訊ねても「子どもにはわからへん」の一点張りだ。なんでもない、たいした話ではなかった、と答えて、そそくさと自分の部屋に引き揚げる。

翌朝、しずくのアパートを訪れたが留守だった。『コマ工房』に向かうと、駒さんひとりが作業をしていて、たしかに熊本さんの姿はない。

駒さんはやすりを手に、なにか小さなブローチのようなものを研いでいる最中だった。手をとめずに、先週しずくが仕事中に倒れたのだと教えてくれる。今はアパートではなく、駒さんの家に身を寄せている。てい子さんがついていると聞いて、ひとまず安心した。

病院に連れていき検査を受けさせたが、過労、そしておそらく栄養失調である、とのことだった。「なぜそうなったのか」「なにか悩みでもあるのか」と問い詰められてようやく熊本さんのことを話したのだという。具体的になにか嫌なことをされたというのではなく、ただ自分とは合わないように感じる、熊本さんが悪いわけではない、と。

熊本さんは、何度となくしずくのアパートを訪れていたらしい。ちょっと前を通りかかったとか、そんなふうな理由をつけて。部屋にあがり込むことはない。ちょっとした手土産のようなものを渡して帰っていく。以前わたしが会った時にはそんなことは話していなかった。話せなかったのかもしれないし、会わなかった二か月のあいだにはじまったことなのかもしれない。

駒田夫妻は、熊本さんのしずくへの「好意」にもちろん気づいてはいた。

「ただ、それがしずくの負担になっているとは思ってもみんかった。まったく、気づいてやれんかった」

人に好かれるのは、誰にとっても「うれしいこと」のはず、と以前てい子さんは言った。

2000年8月

てい子さんにとっては、ほんとうにそうなのだろう。それに熊本さんなら身元もしっかりしているし、素行も悪くないし、もしふたりが将来的に結婚するようなことになったら、夫婦で工房をやっていけると勝手に期待していたという。

「おれたちは、しずくの気持ちを無視しとった」

駒さんが重いため息をついた。熊本さんが「好きだ」とか「つきあってほしい」と直接言ってきたのであれば、しずくもはっきり断ることができる。でも熊本さんはただ好意を示しながらしずくの周囲をうろうろするだけだった。要領のいい人ならうまくかわせるのだろうが、しずくはそうではない。

「え、もしかして、それで熊本さんはクビになったんですか？」

この場合は「解雇」というのだろうか。あるいは破門？ 駒さんが頭を左右に振った。

「それはちがうで。向こうから辞める言うてきたんや。まあ、時間の問題かなとは思てた」

「時間の問題って、どういう意味ですか」

駒さんはすぐには答えなかった。やすりを傍らに置き、「お茶、淹れような」と立ち上がる。卓上ポットから湯呑みに湯を注ぎ、急須にお茶の葉を、缶から直接ざらざらと注ぐ。てい子さんが淹れてくれるお茶よりはずっと薄い色の液体の入った湯呑みを手に、わたしは駒さんが話しはじめるのを待った。

「熊本は、しずくが三年かけてできるようになったことを半分の期間で覚えよる。要領がええんやな。なんでもそこそこ器用にこなすやつや」

まあだからこそ、と言いながら指で目頭を揉んだ駒さんは「『そこそこ』で終わってしまうんやな」と続けた。

「しずくは、呑み込みが悪い。ひとつのことを覚えるのに、人の倍の時間がかかる。でもぜったい投げださへんし、できるまでやる。だから強い。時間かけて手に入れた技術は簡単には消えへん。頭ではなく、手が覚えるんや」

わたしは、顔が上げられずにいた。なにも知らずに、「しずくはいいなあ」と思っていた自分が恥ずかしかった。

駒さんは、しずくが「弟子入りしたい」と言ってきた時のことをよく覚えているという。

「必死な目しとってなあ。お願いします、お願いします、って、何べんも」

高峰家に預けられたばかりの頃に、『コマ工房』にお使いかなにかで訪れて、その時にはじめて地金加工の作業を見て、それで興味を持った。そう聞いている。でも駒さんは、たぶんそれだけやない、とゆっくりと頭を左右に振った。

「それだけではない、って、どういう意味ですか？」

「しずくは、高峰さんの家にお世話になっとったやろ。社長は……面倒見のええ人やから、経済的なことはなんも心配いらん、高校も大学も好きなところに行かせたるて言うてはった。でもしずくにとってはやっぱり、それも負担やったんかな。あいつの父親のことは……どれぐらい知ってる？」

しばらく迷ってから「お金のこととか」と短く答えた。駒さんがため息をついて頷く。

2000年8月

「高峰さんところに何度も……この工房にも。しずく、うちで働き出してから何回か金渡してるはずや」

なんでやろな、とこぼす駒さんの声が悲しげに沈む。

「なんでそんなことができるんや。娘やで。いや、娘やからか？」

わたしへの問いではなさそうだ。問われたところで、わたしはこの人を納得させる答えを持たない。

「しずくはここしか、この工房しか居場所がないのに。もっとちゃんと見といたらな、あかんかった」

気づくと、駒さんの目にうっすらと涙が滲んでいた。大人の男の人が泣くのを見るのは慣れていない。わたしは自分の指のささくれを気にしているふりをして、下を向いた。


しずくの母が病気で亡くなったのは、しずくが十三歳の時だという。その後二年余り父親とふたりで暮らしていたが、しずくは今もその時期のことをあまり話したがらない。

『コマ工房』を出て、わたしは駒田家に向かって歩き出す。途中、なにか買っていこうと思った。なにかおいしくて、元気が出るような食べものを。

大きく腕を振って、歩き続けた。目指すコンビニが見えてくる。ちょっと高いアイスクリームを四つ買って、チャイムを鳴らすと、てい子さんが出てきた。

「永瀬さん、ありがとうね」

「しずくは？」

「元気やで。友だちに会うたら、きっともっと元気になる」

しずくは部屋にいた。窓辺で膝を抱えて座っており、わたしに気づくと、目で隣に座るように示してくる。

「ストロベリーと抹茶とバニラとクッキーアンドクリーム、どれがいい？」

しずくが抹茶を選んだのでわたしはクッキーアンドクリームをとり、のこりのふたつをてい子さんに渡した。

「熊本さんのこと、てい子さんたちにちゃんと言えたんや」

「うん」

「頑張ったやん」

「うん」

わたしたちは、窓枠で四角く切り取られた空を眺めながら、それきり黙っていた。しずくがポケットから小さな箱を取り出して、わたしに差し出す。雫型のラピスラズリのネックレスが入っていた。

「あげる」

「なにこれ」

「昔、お母さんからもらったやつ」

「もらわれへんよ、そんな大事なもん」

2000年8月

いいから、としずくがわたしの手に箱を押しつける。

「お母さんも、人にもらったって」

人には役目がある、としずくのお母さんは言ったという。その役目を終えたらこの世を去る、自分の役目はしずくを産むことだったのかもしれない、と。わたしはその話を聞きながら、そんな馬鹿な話があるか、と思ったけれども、しずくのお母さんはそう思い込むことでなんとか、自分の死期が迫っている事実を受け入れられたのかもしれないとも思う。

ものも同じだよ、としずくのお母さんは言った。そのネックレスはお守りだよ、今までお母さんを守ってくれた。もうじきその役目を終える。これはいつまでもお母さんが持っていちゃだめなの、しずくが持っていて。そして「もう必要ない」と思った時に、また誰かにあげて、と言ったのだそうだ。

「じゃあしずくには、もうこのお守りは必要ないっていうことなん?」

「そう」

短く答えて、しずくはきっぱりと唇を結んだ。わたしはその箱を受け取って、胸に抱く。

「ありがとう」

「永瀬さんも、いつか誰かにあげて」

「うん。わかった。そうする」

箱から取り出して、ネックレスを窓からの光にかざしてみる。深く青い雫に触れてみると、ひんやりと冷たかった。

1995年9月

明るさは凶器だ。朝の光に、じりじりと自分の網膜がダメージを受けている、ような気がする。他の子よりもすこし長かった夏休みが終わった。歩くたびに学生鞄の上で上靴入れがはねる。本来ならうれしいはずの五日の延長期間を、わたしはおもにベッドとトイレの往復で過ごした。

八月の終わりのある朝、起きぬけに腹に差し込むような痛みを覚えた時には、食べ過ぎただけだろうと思っていた。父の誕生日の翌日だったから。

なにかリクエストはあるかと母に問われた父が「すきやきが食べたい」と言い出したばっかりに、夏なのに汗だくですきやき鍋を囲むはめになった。両親はあまり食べなかった。お前たちもっと肉を食べなさい、もっと食べなさい、とわたしや姉にすすめ、姉がダイエット中だからと断ったせいで、後半はほぼわたしひとりの戦いになった。

トイレに直行し、出た直後に母と廊下で鉢合わせ、「あんた顔色悪いで」と指摘された。子どもの頃から診てもらっている診療所のおじいちゃん先生の見立てでは、「胃腸でウイルスが悪さしてる、たちの悪い夏風邪やな」とのことだった。診察を受けているあいだにも、どんどん自分の熱が上がっていくのがわかった。

寝込んでいるわたしの横で、ふすまが心配そうにうろうろしていた。雑種だけどかしこい犬だから、家族の調子の悪い時にはすぐ気づく。だいじょうぶやで、と言っても、けっしてわたしのそばを離れなかった。

親戚のおじさんの家で生まれた子犬をもらってきた時には、「たつお」という名前だった。でもその頃はすごくやんちゃで、ふすまにつっ込んでいっては穴だらけにするという悪行を繰り返しており、いつのまにか「ふすまデストロイヤー」と呼ばれるようになり、以来ふすまと呼ばれている。

学校が嫌いなわけではない。行けば友だちがいて、授業はつまらないが、たまにおもしろい話を教えてくれる先生もいる。ただ、休みあけはなんとなく億劫《おっくう》だ。

三年生になってから、教室内の空気が妙にぴりぴりしている。受験は身体に悪い。

わたしもそろそろ志望校について決めなければならないのだが、いまだ決まっていない。成績は中の上というところで、もうすこし頑張ればよりよい高校に行けると言われているが、無謀な挑戦をする気はなかった。

角を曲がると、学校が見えてくる。中学校は三つの小学校の校区があつまっている。古くてぼろっちい校舎と真新しいプールがあった。

わたしたちが入学するほんの十年前まで、校舎の窓にはガラスが入っていなかったらしい。生徒に叩き割られてしまうからだ。校庭にはしょっちゅう暴走族のバイクが乱入して

1995年9月

きて、授業にならなかったという。「荒れていた時代に比べれば今の生徒たちはまだおとなしい」と歴戦の猛者《もさ》のような面構えの生徒指導の先生は言うが、その手にはまだ「荒れていた時代」の名残の竹刀《しない》がある。校則違反をすると、あれでうりうりと小突かれるらしい。わたしは校則違反をしたことがないので、小突かれた経験はない。

「永瀬」

振り返ると、高峰が大股で車道を横切りながら近づいてくるところだった。

「え、ひとりなん？」

わたしの登下校は、たいていひとりだ。仲良くしている友人は、そろいもそろって中学校のすぐ裏手とか反対方向に住んでいる。小学校でいちばん仲が良かった友人たちは引っ越したり、私立の中学に入ったりして、いなくなってしまった。

「ひとりで学校行ってんの？　さびしいな！」

高峰は「ひとりなん？」へのわたしの答えを待たずに決めつけ、「おれが一緒に行ったるわ」と並んで歩き出した。

「え。いや、離れて」

「なんで」

「なんででも！」

わたしにとって、小学校の頃よりも倍以上に長くなった通学路をひとりで歩く時間は、そこまでさびしいものではなかった。歩きながらいろんなことを考えるのが楽しい。たまに犬を連れた人に会うのが楽しい。ファミリーレストランの前を通りかかる時、看板のメニューを眺めるのが楽しい。貴重な時間をじゃまされたくないし、なにより高峰と一緒にいるところを学校の子に見られたくない。これまで何度も、なんであんな地味な女子と高峰くんが喋ってんの？　みたいな目で見られたり、他のクラスの女子にあれこれ訊かれたりすることに疲れている。でも高峰はちっともそのことに気づいておらず、もしくは気づいてはいるが校内でのわたしの立場など高峰にとってはどうでもいいことなので気にもとめず、なにかと近づいてきては宿題を写させてくれとか、教科書を忘れたから貸してくれとか、無邪気に頼んでくるのだった。

「高峰くんがひとりなん、めずらしいな」

高峰はいつも誰かと一緒にいる。隣のクラスの八田さん（つきあっているらしい）や、よく似た髪形と眉の整えかたをした友人たちといつも餅みたいにくっついている。

「そやねん」

高峰は大きく頷く。おれがひとりで学校に行くなんてほんとうにめずらしいことなのだ、と強調するように。寝坊していつもより十五分遅く家を出たら、待ち合わせ場所にはすでに誰もいなかったのだという。

シャーマンたちひどいと思わへん？　と問われ、シャーマンが誰のあだななのかよくわからないまま頷く。高峰と家が近いのならわたしとも同じ小学校だったはずだが、わからない。

1995年9月

高峰の家は宝石屋さんで、大阪市内にぴかぴかの高級ビルをいくつも持っている。それを人に貸して、家賃収入だけでもじゅうぶん食べていけるぐらいのお金があるという噂だ。ぴかぴかのビルのあるエリアには住まず、「やっぱり郊外ののんびり静かなところで暮らすのがいちばんやから」と、このあたりに大きな家を建てることにした、らしい。その話を聞くまで、わたしは自分の住んでいる街を「大都会ではないが田舎でもない」と思っていた。電車一本で繁華街に出ることができ、しかしわざわざ電車に乗らずとも駅の周辺になんでもそろっている。百貨店も映画館も病院もボウリング場も書店もお好み焼き屋もドーナツショップも。けれども高峰一家の感覚では「郊外の」「のんびり静かな」土地なのだ、ここは。

自分の住んでいる街を「ベッドタウン」というものだと知ったのは中学生になってからだ。大都市周辺の住宅地域や小都市。大都市への通勤者が寝るためだけに帰ってくる場所、の意。辞書には、そう書かれていた。

「……高峰くんごめん、シャーマンって誰?」

受け流してもよかったのだが、やはり気になった。

「雅俊《まさとし》や。西浦《にしうら》雅俊」

「ああ」

いつも高峰の隣にいる、あの西浦か。西浦は声が大きく、しかし発する言葉はぜんぶ「オウッ」とか「ダッハ」とか、そういうたいした意味をなさない音のように聞こえる。

もちろんちゃんと意味のある言葉を喋ってはいるのだろうが、ちっとも聞き取れない。

まさとしが「まさ」になり、「ましゃ」になり、ある時名前のあとに「マン」をつけるのがはやったのでマシャマンと呼んでいたが最終的にシャーマンになったという。そういうことってあるやん、と高峰は言う。わたしはないが、高峰が自信満々に「あるやん」と言うのだから、あるのだろう。

「シャーマンで思い出した、一学期に、二組に転入してきた木下しずくっておるやろ」

わたしと高峰は一組だ。一中はぜんぶで五クラスなので、顔と名前が一致しない生徒もけっこういる。シャーマンこと西浦は二組だ。

「おるね」

木下しずく。すごくかわいい名前だと思ったから、よく覚えている。なんというか、少女漫画の主人公みたいな名前だ、木下しずく。

「誰にも言うなよ」

高峰がわたしに顔を寄せる。

「あいつ、今おれの家に住んでんねん」

まあベツムネやからほとんど顔合わさへんけど、と高峰が続けた。「ベツムネ」が「別棟」であると理解するのにかなり時間がかかった。わたしの家には別棟なんかないからだ。

「あいつ、おれの遠い親戚やねん」

よくよく聞けばおじいさんのいとこの息子の奥さんの娘、とかいう、もうほとんど他人

1995年9月

みたいな関係だった。あいつの父親がちょっと問題あって、いろいろあってうちで預かることにしたみたいや、と高峰は、木下しずくの事情をべらべらとわたしに喋る。

「そういうのって、勝手に話さんほうがええんちゃう？」

「いや、永瀬やったら誰にも喋らへんやろ？　でな、おれ、法事とかで子どもの頃に何回か会うたことあんねんけどな、いつもぜんぜんサイズ合ってない服着てんねん。ものすごいブカブカか、ピチピチか。持ってる手提げにさ、黒マジックで書いた名前を二回ぐらい消したあとがあって。それってつまりおさがりのおさがりのおさがりってことやん？　ほら、おさがりって使ったことないやんか？　おれって。ほんま衝撃的やったわ」

「ほら、って言われても。知らんよ」

高峰の父親は、預かった以上高峰家には木下しずくを養う責任があり、長男であるお前にもその責任の一端がある、と高峰に言ったそうだ。

「貴族とかそういう、財産がある家に生まれた人間には、責任があるねんて。困ってる人を助ける責任。なんか、難しい横文字の言葉やった。永瀬知ってる？」

「知らん。高峰くんの家って貴族なん？　家に別棟があるから？」

「は？　別棟がなに？　いやもちろん貴族ちゃうよ、ちゃうけど。わかるやろ？」

ぜんっぜんわからへん、と心の中でぼやく。この人なんで公立の中学に来てるんやろ、とだけ思う。

「でな、あいつ、高校行かへんらしい。うちの宝石屋とつきあいのある職人さんがおんねんけど、そこに弟子入りする言い出して。おれ親からそれ聞いてめっちゃびっくりしたんやけど。だって、学費ぐらい出したる言うてんねんで、うちの親。高校でも大学でも」

「へえ、そうなんや。さすが貴族やな」

渾身《こんしん》の嫌味を、高峰はあっさりと聞き流した。

「あいつ、変わっとるよなあ」

親戚である木下しずくを持て余しているのか大きなため息をつき、しかし嫌っているわけではないらしく、わたしに「永瀬、あいつと仲良うしたってや」などと言ってくる。

これまでも、彼女には「変わっている」という形容が、つねにつきまとってきた。誰とも喋らない。ぼろぼろのペンケースを使っている。授業中、ずっと寝ている。一学期、体育祭の看板をつくっている時に男子たちが刷毛《はけ》を片手にふざけはじめ、誤って木下しずくの前髪にペンキをつけてしまう、という事件があったらしい。木下しずくは机からはさみを取り出して、前髪をぱつんと切ってしまった。だから体育祭の写真には、前髪が三センチぐらいしかない木下しずくが写っている。

校門が見えてくる。たかみねせんぱーい、おはようございまーす。「黄色い」と表現したくなるような声がして、見ると、二年生の女子が門のあたりで数名かたまって、高峰に手を振っていた。高峰が「みんなおはよー」と、わざとおどけたように大きく両手を振る。また悲鳴みたいな声があがる。それをきっかけにしてわたしは高峰から離れ、足を速めた。

1995年9月

三時間目、理科室に移動する途中で、なんとなく二組を覗いた。木下しずくは窓際の席で、ぼんやりと座っていた。周囲には誰もおらず、友だちがいないのだなと知る。そのわりにずいぶん堂々としていて、そのことに驚いた。休み時間をひとりで過ごす者は、たいてい机に突っ伏して寝たふりをするか、ノートを開いてなにか書いている。つまり忙しそうに、あるいは忙しそうに見せようと努力する。多くの中学生にとって友だちがいないのはそれほどに恥ずかしいことなのだ。やっぱり変わってるんやな、とわたしは思い、でもなんかかっこいいな、とも思った。

「ひとりでいる」ということは、べつに恥ずかしいことなんかじゃない。でもわたしはひとりぼっちにはなりたくないし、そうなりそうな気配を感じただけで眠れないほど悩む。

もう卒業してしまったけど、一学年上に中尾《なかお》先輩という人がいた。野球部で、彫りの深い顔立ちをしていて、成績もよかった。わたしは中尾先輩が好きということになっていた。好きだった、ではない。

わたしは中学での女子同士の社交を「おんなのこ王国」と呼んでいる。「好きな人」がいてもいなくてもその国の民になることはできるが、「好きな人」がいるかいないかで地位が変わってくる。おんなのこ王国の民は「好きな人」の名前を教え合い、秘密を共有することで絆《きずな》を深めるからだ。

そうしてこの「好きな人」は、中途半端に手が届きそうな相手だと、いろいろ面倒なことにもなる。告白したらええやん、とせっつかれたり、ふたりきりになれるように変に気をまわされたりする。中尾先輩はみんなのアイドルみたいな存在で競争率が高いから安全だった。「いいんだ片思いで。どうせわたしなんか、相手にされっこないよ」と目を伏せ、くすんと鼻を鳴らしておけば、みんな納得してくれる。

でも中尾先輩は卒業してしまったので、新たな「好きな人」を探す必要があった。競争率云々で言えば高峰が妥当なのだが、それはいろんな意味で嫌だった。

それにしても放課後になるのが待ち遠しい。チャイムが鳴るとすぐに、早足で美術室に向かった。秋に大きなコンクールがあり、美術部全員が作品を出すことになっている。ひとり出遅れてしまったことが悔やまれる。

美術室には、部員ではない生徒がおよそ十五名以上いた。べちゃくちゃ喋ったり、だるそうに絵の具を混ぜたりしている。手前の人が『注文の多い料理店』の表紙を見ながら絵を描いていたので、あああれか、と納得した。

夏休みの宿題のひとつに、読書感想文ならぬ読書感想画というものがあった。図書室で本を一冊借り、読んだ感想を絵にする。その宿題をいまだ提出していない者がここにあつめられているのだ。

杉村先生が生徒のあいだをまわりながら、ここもうすこし描き込んでみましょうか、とか、色使いとてもいいですよ、などと助言をしている。杉村先生は二組の担任でもある。

美術部の一年が美術室の隅に設置された石膏《せっこう》像を取り囲んでデッサンをしていた。すこし離れた、机を数台くっつけた島があって、そこでは二年の子たちが木版を彫っていた。

三年の子たちはまだ来ていないようだ。運動部は三年の夏に引退するけど、文化部は秋の文化祭まで活動を続けられる。

わたしは適当に空いている席を選んで、スケッチブックを開いた。コンクールに出す水彩画の構図がまだ決まらないのだ。

「永瀬さん」

背後から名を呼ばれる。後ろの席に陣取っている生徒の顔を見ていなかったのだが、二組の森くんだった。この人も、美術部員ではなく読書感想画未提出組だ。三十分以上前に来たらしいが、画用紙は真っ白なままだ。

「なあ、これどうすればええんやろ」

森くんが読んだのは夏目漱石の『こころ』だという。せめて『吾輩は猫である』にすれば、猫の絵でお茶を濁せたのに。

「三人の人物を描いたら？　ふたりの男の人と、ひとりの女の人」

「あー」

「暗めの色使いで。人物はシルエットにしたら、顔描く必要ないから楽やで」

こんなふうに、と簡単にスケッチブックに描いてみせると、森くんは目を丸くして「永瀬さん、天才やな」と言った。

森くんはたぶん、感想画より感想文のほうが得意なのだろう。そこまで成績優秀ではないけど、国語だけはいつも学年でいちばんだと聞く。床を擦るような足音がすぐ近くでして、遠ざかる。また近づいてきて、離れていく。杉村先生がみんなの絵を見てまわっているのだ。

　杉村先生は、今年赴任してきた。何人かの女子は「けっこうかっこいい」と騒いでいたが、彼女たちは去年までは数学の先生にキャーキャー言っていた。わたしの目には、杉村先生の容姿は平凡そのものにうつる。赴任してきた際、平凡すぎることに衝撃を受けたほどだ。英語や理科の先生ならば、なんら衝撃を受けるようなことではないのだが、なんせ美術だ。美術と言ったら芸術だし、芸術と言ったら芸術家、非凡の象徴たる存在ではないのだろうか。

　実際、杉村先生の前にいた美術の先生はわかりやすい変人だった。もじゃもじゃの髪を振り乱し、気難しげに腕組みして生徒を睨《にら》みつけていた。なんらかの式典の日に着てくる服も他の先生たちみたいに紺やグレーの背広ではなく、てらてらした生地の、変わった形の襟がついた上着を着ていた。あれはマオカラーっていうねん、と家庭科の上岡《かみおか》先生に教わった。ファッションというのは自己表現やからね、さすが美術の先生やね、と。

「永瀬さん、ここ、黒で塗ればええんかな」

　森くんがパレットに絵の具を絞り出そうとしている。

「うん。ちょっと青と茶色足すとええかも」

「そう？」

「そのほうが漱石っぽい」

1995年9月

森くんは青の絵の具を手に取り、疑わしげに首をひねりながらも、素直に蓋を開けた。

小学校六年生までは等しく「子ども」の世界にいたはずのわたしたちは、中学生になるとあっち側とこっち側に分けられた。目立つ子と、そうでない子。明るい子と暗い子。もっと細かくグレードみたいなのが分かれているのかもしれないけど、大きく分けるとふたつだ。わたしは「目立たない子」側だし、たぶん森くんもそうだ。でもなぜか高峰は、わたしや森くんを校内で見かけるといそいそと近寄ってくるのだった。五年の時の、林間学校以来。

わたしたち三人はオリエンテーションで同じ班になり、山の中を一緒に歩き回った。もうひとり女子がいたのだが、体調不良でバスの中で休んでいた。

途中高峰が足を滑らせて斜面を転げ落ち、怪我はなかったものの体操服のお尻のところが破れてしまった。わたしは体操服の上に長袖のジャージを着ていたから、それを腰に巻いて隠せばいい、と貸してあげた。リュックの中にはソーイングセットが入っていたけど、わたしは玉結びができない。

「え、そうなん。名前、『たま』やのに」

森くんが心底びっくりしたように言った。

「関係ないし、そっちの『たま』ちゃうし」

珠という字には美しくて立派なものっていう意味があるんやで、と父に教わった。

高峰が「真珠の珠やんな」と言った。

「きれいな名前やって、うちのお母さんが言うてたで」

わたしはそれまで高峰と話したこともなかったし、授業参観で見かける高峰のお母さんにいたっては「マダム!」という感じで、完全に自分とは別世界の人間だと思っていた。その人がわたしの名を目に留め、しかも名前をほめてくれるなんて、思いもしなかった。

破れた体操服は、森くんが縫った。「ぼく家庭科得意やで」と言うとおり、ぱっと見には破れているとはわからなくなった。

このこと誰にも言わんといてな、と高峰は下山するあいまに百回ぐらい言った。転んで体操服のズボンが破れる。ただそれだけのことが高峰にとっては死ぬほど恥ずかしいことに思えたらしい。わたしはもちろん誰にも言わなかったし、森くんもそうしたようだ。高峰のかっこ悪い(と本人が思い込んでいる)秘密は、無事守られた。

今日は美術部の活動日ではないが、わたしの絵はただでさえ遅れている。美術室に向かって歩いていると、向こうから杉村先生がやってきた。手に美術室の鍵を持っている。

杉村先生は「今からちょっと、行くところがありまして」と片眉を上げた。だから美術室は使えない、ということらしい。

「え、でもわたし、コンクールの絵が」

「そう言われても。だいいち、今日は活動日じゃないでしょう」

杉村先生は腕組みして考えていたが、突然「ああ、ちょうどいい」と表情を明るくした。

1995年9月

「永瀬さん、一緒に行きましょう。校外活動です」

「どこにですか？」

「いいからいいから」

杉村先生はにっこり笑って、「お家《うち》の人にはぼくから連絡を入れますから」と返事になっていないことを言った。


杉村先生はもうすぐ結婚するのだという。相手の女の人は市外の小学校で家庭科の先生をしている。いきなりその説明からはじまったので、まさかその女の人に会いに行くのかと思ったが、ちがった。

「ここですか？　校外活動って」

五階建てのビルを、口を開けて見上げる。電車に乗って、ここまでやってきた。切符はもちろん、杉村先生が買ってくれた。一階の自動ドアに金色で『ジュエリータカミネ』と書かれていて、床に敷かれた赤い絨毯や、宝飾品をおさめてあるらしいショウケースがずらりと並んでいるのが、ガラス越しに見えた。黒いワンピースの制服を着たきれいな女の人が立ち働いている様子も。

結婚指輪を受け取りに来た、と杉村先生は言う。言われるがままついてきたはいいが、あんなきらきらしたお店に入るのは、緊張する。中学生なんてきっと場ちがいだと思う。

そもそも、電車を降りた時から気後れしていた。レトロなかっこいいビルと、近代的なぴかぴかのビルが並んでいて、街を歩いている人はみんな髪形も服装もばっちりきまっていた。自分の制服のスカーフの端がほつれていることや、スカートのプリーツがよれていることが、今まで特に気にしたこともなかったのに、急に恥ずかしくなってきた。

杉村先生は『ジュエリータカミネ』の自動ドアをさっと通り過ぎ、ビルの二階より先へと続いているらしい入り口に向かっていった。

「あのお店、高峰くんみたいにきらきらしてますね」

自動ドアを横目に、思わずそう呟いた。杉村先生が「え？　なんですか？」と問い返す。

「なんでもないです」

永瀬、ノート見して。永瀬、教科書貸して。永瀬、なにしてんの。なんでいつも休み時間本読んでんの。高峰はいとも気軽にわたしに話しかけてくるが、そのたび身が竦む思いがする。なんであんな子が高峰くんと、と思われているように感じているし、いつか面倒なことに巻き込まれそうだ。

一階の派手な宝石店とは対照的に、ビルの中はしんとしていた。ひとつの建物にいろんな会社があるんだな、と廊下を歩きながら、ドアの脇にある小さな表札をひとつひとつ読んでいく。司法書士事務所。株式会社ナントカ。漢字が難しくて読めない。表札のないドアの前で、杉村先生が立ち止まる。二度のノックのあとに、中から「どうぞ」という返事があった。

見たことのない光景が広がっていた。そう広くない部屋の中に、なにに使うのかわからない道具や機械が並んでいる。大きな黒い輪とぎざぎざのついた輪が重なったなにか。傷だらけの机の上に、やすりみたいなものが何十本もある。奥にある青くて四角い機械にはテレビのダイヤル式チャンネルみたいな黒いつまみがついていて、機械の脇から黒いコードが何本も伸びている。大きな木の切り株みたいなものが部屋の中央にあって、切り株の表面にはぼこぼこと丸い穴が空いていた。

ベージュのエプロンを身につけた男の人が切り株の奥に立ち、無表情にわたしたちを出迎えた。

「地金職人の、駒さんです」

駒さん、と呼ばれた男の人が、わたしに向かって小さく頷いた。金属のかたまりを叩いて伸ばして、指輪やネックレスなどをつくる仕事をしているのだという。

「木下しずくさんはいますか？」

駒さんは「ああ」と頷き、今お使いに出ているので、もうすぐ戻ってくるだろう、と言った。どうも、木下しずくはここ数日学校を無断で休んでいたようだ。

杉村先生が今日ここに来たのは、それを心配したせいでもあるらしい。ふたりの会話を聞いて、なんとなく事情が呑み込めてきた。学校に行かせたい大人たちと、休んで工房の手伝いをしたがっている木下しずくのあいだで、このあとひと悶着《もんちゃく》ありそうだ。

駒さんが作業台から、銀色の指輪を取って杉村先生に見せている。大きいのと、小さいのがひとつずつ。

すこし待っといてな、と駒さんがわたしに向かって、部屋の隅に置かれた木の長椅子を指さした。わたしはそこに座って、駒さんの作業を見ていた。指輪にあてられたやすりが数回動いて、ごくわずかな銀色の粉がはらはらと零《こぼ》れ落ちた。

「世の中にはいろんな仕事がありますね、永瀬さん」

杉村先生がわたしの隣に立った。

「わたしやきみが知らないたくさんの仕事が、きっと他にも世界中にあるんでしょうね」

工房のドアが開いて、木下しずくが姿を現した。杉村先生を見て、一瞬驚いたように上体を反らす。わたしのことは誰なのかよくわからないようで、でも制服で自分と同じ学校の人間だということはわかるらしく、気まずそうに目を逸らされた。

「木下さん、きみのことについて駒さんとふたりですこし話をしたいんですが、かまいませんか？」

木下しずくは答えない。わたしはおそるおそる手を挙げて、「あのう、なんでですか？」と訊ねた。

「木下さんの話やのに、なんで木下さん抜きなんですか？」

わたしは学校で挙手をして発表することがほとんどない。だから今、大人に意見をしている自分に、自分がいちばんびっくりしている。自分のことなのにどうでもよさそうにしている木下しずくが気になったのもあるし、杉村先生への信頼も合った。駒さんはどうだかわからないが、杉村先生はきっと中学生の意見だからと馬鹿にしたり軽視したりはしないはずだ。

杉村先生と駒さんは顔を見合わせ、「それもそうやな」「ですね」と頷き合った。部屋を出ていこうと鞄を持ち上げるわたしの腕を、木下しずくが「待って」と、なんでそこまでと思うような強い力で摑んだ。

「ここにいて」

「え、なんで？」

木下しずくは答えないし、手も放してくれない。

「ほんなら、座ってくれるか、きみも」

駒さんはすでにわたしを座らせる椅子を引っぱり出してきている。困って杉村先生を見ると「木下さんがいいなら」と肩を竦めた。

杉村先生は、木下しずくを高校に進学させたいようだった。駒さんのような地金職人になりたい気持ちはよくわかる。しかし高校を卒業してからでも遅くはないだろう、きみは学校の勉強を無駄なものだと思っているのかもしれないがとても大切なものなんや、と主張し、木下しずくはもうやりたいことが決まっているのに高校に通うなんて無駄だ、と小さい声ながらもきっぱりと反論した。

「そう思うでしょ？」

木下しずくがわたしに同意を求めてくる。

「えっと……わたしも、高校には行ったほうがいいと思うで」

そう伝えると、不満そうにそっぽを向いてしまった。もしかして自分の味方になると信じてわたしに同席を求めたのだろうか。だとしたら悪いことをした。

「先生、この子の成績やったら、どんな高校に行くことになるんですか？」

それは、ええと、と杉村先生が口ごもる。木下しずくはものすごく成績が悪いと聞いたことがある。もしかして授業がわからないから寝ているんだろうか。わたしも苦手な授業の時はどうしても眠くなる。

「私も、高校には行ってません」

駒さんは親戚のつてを頼って大阪の地金職人に弟子入りをしたのだという。進学予定だった十五歳の夏に駒さんの父が亡くなり、経済的な理由から就職を決意した。決意、と言っても弟子入りすることがどういうことなのかも、どんな仕事なのかということもまるでわかっていない子どもだったらしい。

「駒さんはこの仕事に就いて、よかったと思っていますか？」

杉村先生の質問に、駒さんは「わかりませんね、それは」とのんびり答える。

「今はまだ」

修業はつらかったが、いいこともあった。大阪に出てきて、そこで知り合った女の人と結婚した。仕事を覚えたら楽しかったが、行き詰まると苦しくなった。よくしてくれる人もいたし、それを妬んで嫌がらせをする人もいた。

うれしいことがあるたび、その影響で新たに生まれる悩みもあった。悪いことが起きた、と思ったことが、のちのちよい結果につながることもあったし、幸運だ、ついてる、と感じた出来事が思わぬ災いを招いたこともあった。物事はつながっている。生きているうちは、ぜんぶ引き受けなくてはならない。今はしんどい時期だからと早送りすることもできず、いつそのしんどさが終わるのかわからないまま一日一日を生きていくしかない。だから、自分の人生について「よかった」とも「悪かった」とも、結論を出すのはまだ早いのだと駒さんは言った。

「そんなもん、死ぬ直前までわからへんのとちがいますか？　せやからね、先生」

駒さんは杉村先生に笑いかけた。

「この子のことは、この子に決めさせてやったらどうですか」

杉村先生は困ったように頭を掻く。

「うん、わかった。わかりました。でも、木下さん。進路のことはともかく、とりあえず今は学校には来てください」

「どうしてですか」

木下しずくは、ほとんど挑戦的な眼差しを杉村先生に向けた。だから勉強は、とさっきと同じことを言う杉村先生をがっかりしたように見つめて、すぐに目を逸らす。

「あの、今度話そうよ」

思い切って、提案してみた。木下しずくが驚いたようにわたしを見る。なんとなくだけど、この子には「ふつうは学校に行くものだ」とか、そんなぼんやりした「あたりまえ」

に寄りかかった説得じゃ通用しないと思った。ほんとうの気持ちを伝えなければ、すぐに心のドアを閉じてしまいそうだ。

「わたしと話すために、学校に来てよ」

木下しずくは答えなかった。ただまっすぐに、きまり悪くなるほどまっすぐに、わたしを見つめていた。


わたしの説得が効いたわけではないと思うが、翌日木下しずくはちゃんと学校に来た。廊下などで顔を合わせるたびに言葉を交わすようになったが、クラスでは変わらずひとりで過ごしているようだ。

「しんどい？」

「べつに平気。前の学校でもそうだった」

小学校に入ってから十回以上転校したというのでびっくりした。お父さんがすぐに仕事を辞めてしまってたから、となんでもないことのように言う。

「すぐ辞めるって、なんで？」

「知らない」

なにそれ、と思ったけど、言わなかった。自分の親のことを悪く言われたら嫌だろうと思ったから。お父さんは今でも、ときどき会いに来るのだという。やっぱ娘には会いたいんやなあ、ええお父さんやん、と言うと表情が曇った。わたしはなにか、まずいことを言ったのかもしれない。

何度か駒さんの工房にも遊びに行って、てい子さんにも会った。駒さんに木槌で金属を叩いて槌目模様をつけるやりかたを教えてもらった。すごく楽しくて、木下しずくが高校に行かずに修業をしたいという気持ちがすこしだけわかる気がした。

母は「そろそろ受験勉強に本腰入れんと」と怒っていたが、知らんふりをした。母のことは嫌いではないが、あまりにも口うるさいので話す気が失せる。どちらかというと、父のほうが話しやすい。

「お父さん、わたしが高校行かへんって言うたら、どうする?」

ある時わたしが問うと、父はびっくりしたように目を見開いて、テレビを消した。

「行きたないんか、高校?」

父がおろおろしている。慌てて「ちがう、ちがうって」と打ち消した。

「隣のクラスにな、職人になるって言うてる子がおるねん。わたし、高校ってみんなあたりまえに行くもんやと思ってたから」

「ああ、そうなんか」

父は安心したようにリモコンを手に取り、テレビをつけようとして、またテーブルに戻した。

「まあ、人とちがうルートを選ぶというのは、ちょっと骨の折れることかもしらんな」

「うん。そうやんな。その子、すごいよな」

「その子には、自分にはこれしかない、っていう道がもうすでに見えとるんやな」

たいしたもんや、と感心する父は、でもきっとわたしが高校に行かないと言い出せば狼《ろう》狽《ばい》し、反対するのだろう。

わたしは木下しずくを「木下さん」ではなく「しずくちゃん」と呼ぶようになり、二学期が終わる頃には「しずく」に変わったけれども、しずくはずっと「永瀬さん」のままだった。

三学期になると、美術の授業が二クラス合同になった。結婚して、杉村から田村という名になった先生が、黒板に「卒業制作」と大きく書く。

ひとり十センチ四方の木版を彫刻刀で彫り、それを組み合わせたレリーフを体育館の壁に飾るという。

「四人一組の班をつくってもらいます。ひとつの班で、ひとつのモチーフを彫る」

田村先生は黒板に、模造紙をはり出した。日本の文様、という文字の下に、さまざまな模様が描かれている。着物の模様だな、とわたしは思った。ばあちゃんの手ぬぐいやん、と誰かが言い、小さな笑いが起こった。

「これは一例ですが、日本の文様には、さまざまな意味があります。たとえば青海波《せいがいは》。これはどこまでも続く波を意味します。未来永劫平穏に、という願いが込められています」

七宝《しっぽう》は「円満」、亀甲《きっこう》は「長寿」、矢絣《やがすり》は花嫁衣装などに用いられます、と田村先生は次々に文様を指しながら説明する。

1995年9月

「先生、それって、日本のそういう、着物みたいなやつじゃないとだめなんですか？」

高峰が手を挙げて質問した。

「いいえ、それ以外でもいいです」

ただしドクロ柄とかはだめですよ、と田村先生が言い、また笑いが起こる。班決めの時間になり、わたしは友人たちと相談し合ったけれども、ふだん一緒にいるのが五人なので、ひとりあぶれる。どうしよっか、と言いながら、内心ではみんな自分だけは嫌だ、と思っている。

高峰が森くんを連れて、こちらにやってきた。

「永瀬、おれらのとこに入って」

「え、なんで」

「おまえ美術5やろ？」

友人たちは「いってらっしゃい」とあっさり手を振る。全員ほっとした顔をしていた。

「女子ひとり、嫌なんやけど」

「あいつがおるやろ」

高峰が「わたしには関係ありません」とばかりに机に伏せているしずくを指さした。

「しずく」

顔を寄せて名を呼ぶと、しずくはのろのろと顔を上げた。

「班に入ってくれへん？　お願い」

同じ班になることについて、喜びはせずとも断りもせずにあとをついてくるので、嫌ではないのだろうと思う。モチーフについて各班で話し合って決めなければならないのだが、高峰は「彫りやすいやつでええんちゃう、チェックとか。縦横まっすぐ彫ればええだけやんか、それなら」なんて適当なことを言い、森くんは曖昧に微笑んでいるだけだ。

「なんか、希望ある？」

わたしの質問に、しずくは答えない。俯いて、じっとしている。男子ふたりのほうを見ようともしない。気まずい空気が流れ出したので、わたしはスケッチブックを開いた。しずくの似顔絵でも描いてやろうかと思いたち、考え直して、雫型を大きく描いた。目と口を描き加え、手足を生やす。

「なにそれ」

森くんが覗き込んできた。

「今考えたキャラクター」

しずくちゃん、と絵の下に書いて、破りとってしずくに手渡す。

「あげる」

「いや、いらんやろ」

高峰は笑ったが、しずくはその絵をじっと見つめて、ほんとうにもらっていいの？　と問い返した。

「いいよ、もちろん」

各班の様子を見てまわっていた田村先生が、わたしたちに近づいてくる。しずくが持っていた絵に目を留めて、ティアドロップですね、と話しかけてきた。

「ジュエリーなどによく用いられるモチーフです。そうですよね、高峰くん」

ええまあ、と高峰はもっともらしく頷いているが、ほんとうは知らないのかもしれない。目が泳いでいる。

「古代、雨は神々が流す涙であると考えられていました。雨の雫はあつまって川となり、海へと流れ込み、やがて空にのぼっていく。その繰り返しが『永遠』を意味する、という説があります」

「永遠」

森くんがぼそぼそと繰り返す。ええやんそれ、と高峰が身を乗り出した。

「おれらの班、それにしよう」

「いいですか？　先生」

森くんが田村先生を見上げる。

「永瀬さんと木下さんがいいのなら」

でも、永遠ってなんなんだろう。雨は循環しているかもしれないけど、人は変わっていくし、いつかは死ぬ。現にわたしたちは、もうすぐ中学を卒業する。

「永遠って、なんですか？　先生。そんなもの、あるんですか？」

たまたま一瞬静かになったタイミングだったのだろうか。わたしの問いは美術室に響きわたり、一斉にみんながこちらを見た、気がした。エイエンッテナンデスカセンセイ、と西浦が甲高い声で真似をして、数人が笑った。

「永遠は永遠やろ。ずっと続くってこと」

「辞書でもひぃとけ」

誰かが馬鹿にしたように鼻を鳴らした。わたしは下を向いてしまったので、それが誰の声かはわからなかった。

おいやめろや、と高峰が低い声で言うと、美術室がふたたび静まり返った。

田村先生が黒板に「永遠」と大きく書いた。

「きみたちは頭がいいですね。紆余曲折なしに、いきなり正解にたどりついてしまう。なんてスマートなんだろうと感心してしまいます」

ちなみにスマートというのは痩せているという意味でありません、かしこい、という意味です、と補足して、田村先生はかすかに笑った。

「でも、それはあくまで子どものスマートさです。わからないものについて考え続けるのは、体力がいることです。わからない、という思いをとどめておくこともね。わからない、わからない、と唸《うな》っている大人はかっこ悪いです。ほんものの知性ある大人というのは、あるいはそのような大人になる素質のある子どもは、かっこ悪く見えるものです」

田村先生はそこで言葉を切って、わたしをちらりと見た。

「ですが、ほんとうは美しいのです。わたしは愚直なまでにまっすぐに己の問いと向き合う人の姿は、とても美しいと思いますよ」

誰も、なにも言わない。たぶん教室の半分以上が、田村先生が言っていることの半分も理解できなかったのだと思う。かくいうわたしも、完全に理解できたとは言いがたい。

「永遠がなんなのか、わたしにもわかりません」

田村先生がわたしたちの机に近づいてきて「わかったら、教えてください」と小声で言い、離れていった。

美術室にざわめきが戻り、わたしはこっそり大きく息を吐いた。高峰が「永瀬、お前は美しいらしいで」と言った。からかうような調子ではなく、心底驚いているようにも見えた。それがまたきまり悪く、思わず下を向く。しずくが絵をていねいに折り畳んでポケットにしまうのを、視界の隅でとらえた。


モチーフが決まったはいいが、卒業制作の作業は順調には進まなかった。高峰はすぐに手を抜こうとするし、森くんはあまり器用ではないらしく、しょっちゅう彫刻刀で指を怪我した。しずくは学校を休むことも多い。他の班が続々と終わらせるなか、わたしたち四人は放課後に居残りをするはめになった。

「受験勉強もせなあかんのに」

しきりに文句を言う高峰に、あんたがもっと真剣にやってくれたらもっと早く済んだんですけど、と思う。早く終わらせないと、焦る気持ちはつのるものの、居残りするにも時間制限がある。今日はここまで、と美術室から追い出され、わたしたちは校門を目指して歩いた。あたりはすでに薄暗い。のろのろ歩く森くんと高峰をおいて、わたしとしずくは早足で歩いた。

暗がりから「しずく」と声がして、ぎょっとして立ち止まる。しずくがわたしの腕を掴んだ。声の主がゆらりと姿を現す。作業服を着た、小柄な男性だった。なんやこいつ、ととっさにかばう体勢になったわたしの背後から「お父さん」と聞こえた。

「え、お父さん?」

ぎょっとして振り返ると、困った顔のしずくと目が合った。

えらい遅かったな、と笑いながら、しずくの父親がわたしたちに歩み寄る。

「心配したんやで、居残り勉強か? 女の子はそんなん、せんでええんやで。な、ひさしぶりやな。こっちに来て、近くで顔見せてくれ」

しずくがぎゅっと身体を縮こまらせた時、高峰が駆けよってきた。

「おい、しずく。先生が呼んでるで。ごめん、急いで」

高峰はしずくの父親とわたしたちのあいだに割って入るようにして、わたしたちを校舎のほうに押し戻した。

小走りで移動する高峰のあとに続きながら「先生って田村先生?」と訊ねた。

「ちがう」

「え、じゃあ誰?」

「誰も呼んでない」

なにそれ、と立ち止まると、嘘ついた、と高峰は肩を竦める。

「なんとなく、嫌な予感して」

なに勝手に、え、お父さん置いてけぼりにしてしまったで、と振り返るわたしの腕を、しずくがぎゅっと摑んだ。

「いいから」

「え？」

ありがとう、としずくが高峰に小さな声で言った。高峰は前を向いたまま「お」と短く答える。わけがわからなかったが、本人がいいと言うのならいいのだろう、とむりやり自分を納得させた。

「東門から出よ」

様子を見ていた森くんと合流し、四人でぞろぞろと、東門を出る。高峰の家は反対方向だ。遠ざかる高峰としずくを見送ってから、森くんと歩き出す。男子とふたりきりで下校するのははじめてで、並んで歩く際の適切な間隔がわからない。一メートルは離れ過ぎだし、五十センチは近過ぎる。

「永瀬さん、ごめんな」

森くんが歩きながら突然頭を下げた。

「なに？　なんで謝るの？」

「永瀬さん、自分のやつはもう終わってるやん。ぼくらのせいで制作遅れて、もうしわけないなあって」

「ひと班で共同作業やから、それはしかたないって」

「でも、永瀬さんが手伝ってくれるから、ぼくも高峰くんも助かってる。たぶん、木下さんも。せやから、ありがとう」

気にせんといて、と言いながら、森くんってほんまにええ人やなあ、と感心していた。わたしが記憶するかぎり、女子同士で「好きな人」を告白し合う際に森くんの名が挙がったことは一度もない。地味だし、かっこいいとかそういうタイプではないからだと思うが、もし森くんが好き、という子がいたら、かなり見る目があるんじゃないだろうか。

「ねえ、森くん」

森くんになら、言えると思った。悪目立ちしたくない、という自分の思いを。女子の誰かに話せばきっと、えっなにそれって自慢？　わたしはそんな気ないのに高峰くんにちょっかい出されて困っちゃうっていう自慢？　と険悪な空気になること必至の思いを、森くんならきっとわかってくれる。

「わたしな、高峰くんに話しかけられるの、ほんまはちょっと迷惑やねん」

森くんは「あー」と、すこし困ったように笑って頷いた。みなまで言わずとも、言いたいことはかなり正確に伝わっているようだ。

「高峰くんってな、すごい……」

すごい、と言ってから、森くんは口ごもる。

「あんな、うん、悪い意味にとらんといてほしいねんけど」

言い淀んだのち、「すごい、ええかっこしいやんか」と言い放つので、わたしは思わずふき出してしまった。ええかっこしい。これ以上ないぐらい、高峰にぴったりな言葉だった。

「それはそう。ものすごええかっこしい」

下級生女子の声援にこたえる姿を思い出し、またふき出す。

「でもあれって、サービス精神なんやと思う。みんなが期待してる『かっこいい高峰くん』を演じてるっていうか……演じてるっていうのは言いすぎやろか。とにかく、つくってる。ほんとの自分を必死で隠してる。言いたいこと、わかる？」

「なんとなく」

「たぶん、高峰くんは自分のこと好きじゃない人間の前でしか、リラックスできひん人なんちゃう？」

ぼくとか永瀬さんみたいにさ、と言って、森くんは人差し指で頬を掻いた。

「森くん、高峰くんのこと嫌いなん？」

「いや、そういうわけではないよ。でも、なんやろ。かっこつけてなくて、きらきらしてないふだんの高峰くんのほうが味わい深いのになあって。もったいない気がするねん」

味わい深いって、人間に対して使っていい表現やったんな、とひそかに驚く。コーヒーとか珍味とかに対して使用する言葉だと思っていた。

「森くんって、人のことよう見てんねんな」

ええ人やな、とさっきは思ったが、そんなにも他人を冷静に観察しているなんてちょっとおそろしい。わたしのことも観察して、誰かに「永瀬さんってな、すごいナントカやねん」なんて言うのではないだろうか。

「あー、ぼく、どんくさいからねえ」

なにをするにも人より遅れる子どもだったので、そのせいで周囲の人を観察して行動するくせがついたと森くんは言う。

「でもそんな、いじわるな目では見てへんつもり」

「ほんまに?」

疑り深いなあ、と森くんが笑い出す。

その後は、もう高峰の話はしなかった。森くんと話すのは楽しかった。意外にも共通点がたくさんあった。こしあんよりつぶあん派だとか、国語の教科書はもらったその日にぜんぶ読む、とか。

「え、じゃあ、教科書に載ってた話で、今まででいちばん好きなのってなに?」

「ぼくは『スーホの白い馬』かな」

「小学生の頃やん。わたしはね、『故郷』かな」

「ああ、あれな」

希望というものは、ではじまる一節を、森くんがすらすらと暗誦してみせる。

「記憶力ばつぐんやん。森くん、成績ええやろ」

「悪いねん、それが」

あかんやん、と笑い合った時には、もうわたしの家の前まで来ていた。ありがとうね、また明日、と手を振り合って別れる。手や耳は夜気に冷え切っていたけど、お腹の底がなんだかぽかぽかしていた。


第一志望校をプリントに書いて、今日中に提出することになっている。しかし、白紙のままだ。

「行きたい学校がないわけではないねん」

放課後、しずくと中庭のベンチに座って、だらだらと話し続けた。しずくは黙って聞いている。わたしの志望校の話なんかちっとも興味がないだろうに。

「梅《うめ》高は制服がかわいいけど、家から遠いしさ。偏差値高いわりにヤンキーも多いって聞くし。望月《もちづき》高校は治安いいけど、校則きびしいらしくて。ていうか、どうしてもここに行きたい！　って思える高校がないねんな。決め手に欠けるっていうか」

「そう」

「しずくは、ぜったい『コマ工房』で働きたい！　ってもう決めてるんやろ」

「うん。定時制に通いながらだったらいいって」

高峰の父と駒さんとのあいだで、そういう話し合いがあったという。

「すごいなあ」

ため息をつくと、しずくが俯いた。

「決めてるっていうか、それしかないっていうか」

「それしかないことないやろ」

言ってから、もしかして高峰の家に遠慮しているのだろうか、と思う。

「お金のこと?」

ためらいがちに問うと、しずくはあっさりと「うん」と認めた。

「してもらう側って、苦しいよ」

でも修業したいのもほんとう、と言う声に実感がこもっていた。かたくて重たい金属のかたまりを、なんども叩いて伸ばしていくと、まったく新しい形になる。模様を生み出せる。とてもおもしろい、としずくは言う。

「いやあ、やっぱり、すごいなあ」

またため息が出る。どっちを選べばいいのかわからない。わたしはそもそも「選ぶ」のが苦手だ。授業で、AとBどちらが正解だと思いますか、と先生が質問するとする。わたしは、ぜったいBだという確信があっても、みんながAに手を挙げるとつられてしまう。そういう流されやすい性格なのだ。

「あーあ……わたし、どうすればいいんやろ」

1995年9月

「わかんないよ」

しずくは静かに答える。拒絶ではなく、ほんとうにわからないのでわからないと言っているような口調だった。

「そうやんな。そりゃそうやんな」

ため息をついた時、背後から「永瀬さん」と呼ばれた。二組の女子三人が、腕組みして立っている。真ん中にいるのは八田さんだ。泣きはらしたように真っ赤な目をしている。

「ちょっといい？　話あんねんけど」

嫌な予感がするが「嫌です」とは言えない。しずくに「ごめん、先に帰って」と小声で告げ、彼女たちのあとをついて歩いた。

到着したのは体育館裏で、絶望のあまり呻きそうになった。もしかして今からリンチ的なことがはじまってしまうのか。彼女らの恨みをかった覚えはないが、そもそもいじめとはそういうものだ。正当な理由もなく唐突に攻撃がはじまる。

「この子、高峰くんと別れたんや。高峰くんのほうから、急に他に好きな人ができた、やて。な、そうやろ」

名前のわからないポニーテールの女子が、八田さんを振り返った。ふたたび向き直り、銃口のごとき目をわたしに向け、「なんか聞いてない？」と顎を上げる。

「知らんて。なんでわたしに訊くの？」

なんでって、とポニーテールは鼻を鳴らした。同じく名前がわからない、ショートカットのもうひとりの女子が「あんたしょっちゅう高峰にくっついてるやん」と言いながら、わたしの肩を軽く小突いた。ほんとうに軽くだ。ただ、リンチの予感に震えているわたしにとっては鈍器で殴られたに等しい衝撃だった。

わたしがくっついているんじゃない、向こうが勝手に来るんだ、と言いたいが言えない。言えばさらなる誤解が生じる。

八田さんはさっきからひとことも喋らない。きれいな子やなあ、とこんな時でも感心してしまう。色が白くて、目が大きい。こんな子と別れるなんて、高峰はいったいなにを考えているのだろう。

わたしがなにも答えないので、ポニーテールとショートカットは次第に苛立ちをあらわにしはじめた。

「ちょっと、なんとか言いや」

「高峰の好きな人って誰なん」

「まさかあんたちゃうやろね」

声の調子が激しさを増していく。

「あんた、高峰のこと好きなん」

「人の男とるとか最低やんか」

勘ちがいをどんどん加速させていく。ちがう、と言ったが、声が小さすぎて、掻き消されてしまう。

1995年9月

「ちがう……ちがう、ちがう！」

やっと、大きな声が出た。

「なんでみんなそうやって決めつけんの？　なんですぐそうやって好きとか、つきあうとか、そんな話になんの？」

「はあ？」

「うっとうしい。もうぜんぶ、ぜんぶ、うっとうしい。高峰がなんやねん。どうでもええわ」

ポニーテールがまたなにか言おうとした時、どこからともなく空気を切り裂く悲鳴のような声が聞こえてきた。見ると、しずくが両腕を振り回しながらこちらに向かって突進してくるところだった。

「えっ」

しずくはなおも叫びながら、八田さんたちに向かって腕を振った。彼女たちがすばやくよけたのでかすりもしなかったが。

「ちょっと、なにしてんの」

羽交い絞めにするようにしずくを制止しようとするが、暴れる勢いがすさまじく、わたしのほうがぶんぶん振り回される結果になった。

「ちょっと！　落ちついて！」

ぐるる、というような音が聞こえた。しずくの喉の奥から発せられる唸り声だ。なんなん、この子。昔、病院の待合室で読んだヤンキー漫画に「ナニワの狂犬」の通り名を持つ高校生が出てきたけど、あんなの目じゃない。この子こそがほんものの狂犬だ。

「なんなん、あんた」

ショートカットが「教室では地蔵みたいに黙ってるくせに」と呆れたように呟き、八田さんがそれを聞いて、こらえきれず、という様子でふき出した。

「は？　なに笑ってんの？」

ポニーテールは金切り声を上げたが、その肩は小刻みに震えており、八田さんと視線を合わせるなり、笑い出してしまう。

「いや、だって、ミカが地蔵とか言うから」

八田さんからミカと呼ばれたショートカットは「地蔵のなにがおかしいの、ハッサンもカズも笑いすぎちゃうん」と顔を赤くする。

「だって」

「なんで急に地蔵なん」

わたしとしずくはぼうぜんと、彼女たちのやりとりを見つめることしかできない。

「だいたい、木下さんもなに？」

「暴れん坊やん」

「暴れん坊将軍」

ひとしきり笑ったあとで、八田さんが「あーあ……なんかもう、ぜんぶどうでもよく

1995年9月

なった」と目尻に溜まった涙を拭った。

「気抜けたな。なんか、お腹空いたわ。な、『クリーム』に寄っていこうや」

行こ、と八田さんはふたりをともなって歩き出したが、なぜか、くるりと振り返って、わたしたちに言った。

「なにしてんの？　永瀬さんも木下さんも、はよおいで」

『クリーム』が学校の近くにあるダイエーの中のクレープ屋であることを、わたしは知らなかった。わたしとしずくは財布を持っていなかったので、八田さんに借りた。八田さんは先ほどのおわびにおごると言い出したが、わたしもしずくも「ぜったいに返す」と押し通した。しずくはどう思っているかわからないけど、わたしは彼女たちをまだ信用しきれない。借りをつくりたくなかった。

「なんで財布ないの。忘れたん？」

「いや、禁止されてるし」

これはれっきとした校則違反行為だ。がたつくテーブルに肘をつき、いちごのクレープを食べながら、わたしは内心びくついていた。

「永瀬さん、まじめすぎ！」

「カズ」と「ミカ」がげらげらと笑った。

どうやらふたりは、以前からしずくと話してみたかったらしい。シャンプーなに使ってんの？　髪めっちゃきれいやん、肌も、なんで？　ニキビいっこもないのうらやましすぎる、と質問攻めにしている。顔も髪も石鹸《せっけん》で洗ってる、なんの石鹸って、え、ふつうの、お風呂に置いてあるやつ、としずくが衝撃的な回答をしたところで、八田さんがわたしの制服の袖をちょいちょいと引っ張った。

「あの、ごめんな。さっきの」

八田さんの目は、もう赤くなかった。

「よっくんに急に『別れよう』って言われて、びっくりして泣いてしまって」

「よっくん」が高峰のことであると認識するまでに、数秒を要した。八田さんが泣いたのでカズとミカが逆上し、これはいっちょ永瀬をつかまえて真相を究明するしかない、という結論に達したらしい。

「あの、わたし高峰くんのことはほんとに好きとか思ってないし、彼女がどうとか好きな人がどうとかそんな話、いっさいせえへんから。ほんまになんにも聞いてないし」

八田さんとつきあっているということも他の誰かから噂で聞いたぐらいだと言うと、八田さんは「そうなんや」と目を伏せて、クレープの縁を齧った。

「わたしは聞いてたで。よっくんから、永瀬さんの話」

なにをどんなふうに言われていたのか気になったが、八田さんが「ずっとうらやましかった、永瀬さんのこと」などとわけのわからないことを言い出したので、頭が混乱した。

「は？」

「恋人同士って特別みたいに見えるけど、別れたらもうおしまいやんな。別れるかどうかだって相手がそうするって決めてしまったら、もうこっちの気持ちなんかおかまいなしで。でも、永瀬さんはちがうんやんな。たぶんこの先もずっとよっくんと」

わたしを軽く睨んでから、八田さんは手の中に残っていたクレープをぜんぶ口の中に押し込んだ。八田さんは高峰のことがほんとうに、ものすごく好きだったのだろうな、と膨らんだほっぺたを見ながら思い、それから急に恥ずかしくなった。なにが「おんなのこ王国」だ。偽の「好きな人」まで用意してそこに留まろうとしたわたしは、自分以外の女子を、彼女らの心を、あまりにも軽く見ていた。

テーブルの向こう側ではしずくがクレープからチョコレートソースをぼとぼとこぼして、ふたりがかりでテーブルを拭いてもらっていた。

八田さんたちと解散してから、わたしはあらためてしずくに「なんやったん、さっきの」と問う。

「ごめん。永瀬さんが囲まれてたから、助けなきゃって思って」

「助けなきゃって思って、なんであんなことになるん」

「どうしていいかわからなくて」

「どうしていいかわからないと暴れるの？　相手が八田さんたちやったからよかったけど、逆にリンチされとったかもよ」

「そういうの、前の学校で一回あった。生意気、とか言われて、四人がかりぐらいで。痛かった」

蹴られたり、小突き回されたり、水風船の的になったりしたという。淡々とした口調で話すので、聞いていてよけいに胸が痛かった。

「わたし、助けてほしい時はちゃんと言うから」

「わかった」

わたしたちはしばらく黙ったまま歩き続けた。

「ねえ、しずくもわたしに助けてほしいって、言える？」

しずくは一分ぐらい無言のまま歩き続けたのち「言わない」と首を横に振った。言えない、ではなかった。

「うん。そんな気する」

また無言で歩いた。あたりはすでに薄暗い。

しずくは、危なっかしい。どうしていいかわからなくて暴れたという。助けてほしいと言わないという。しばらく考えて、思いついた。

「サイン、決めよ」

「サイン？」

たとえばこうやったら「ピンチ」のサインとか、と耳たぶを引っぱった。口で言えなくても、それぐらいなら、できるだろう。しずくは「いいね」とかすかに笑った。

「じゃあ、『助けて』のサインはそれね。耳を引っぱる。あ、じゃあこれは？」

1995年9月

わたしはお腹に手を置く。しずくはしばらく考えてから、「お腹痛いから助けて、のサイン？」と首を傾げる。

「お腹空いた、のサイン」

「いつ使うの？」

「これは、ごめん」

ぴんと立てた片手を顎の下に置く。「問題なし」は手を地面と水平に向ける、ということになった。

あ、わたしも考えた。しずくがうれしそうな顔で、右の手のひらをわたしに向けた。中指がわずかに曲がっている、

「どういう意味？　こっちに来るな、とか？」

「ちがう。これね、恐れなくてもいい、っていう意味なんだって」

大阪に来る直前に、しずくはお父さんに連れられて、奈良に立ち寄ったのだという。

「大仏ってさ、こうやってるじゃない」

しずくは東大寺の大仏のポーズを真似する。

「だからさ、こわがらなくていいよ、だいじょうぶだからねって時は、このサインね」

わたしは、「わかった」と答えながら、「お腹空いた」のサインより使う機会が少なそうだな、と思った。俯いたら、わたしたちの白いスニーカーが薄闇の中でぼんやり浮かび上がって見えた。

八田さんやミカ、カズとはそれから廊下ですれちがったら挨拶するぐらいにはなった。二月になると受験勉強は最後の追い込みになって、駒さんの工房には行けなくなった。受験当日の朝に生理がはじまってしまい、下腹部の痛みに耐えながら試験を受けた。卒業式は合格発表よりも早い。

卒業式を終えたあと、八田さんから「永瀬さん、なんか書いて」と、卒業アルバムの寄せ書きのページを開いて、差し出された。八田さんの似顔絵を描いたら「えっ、めっちゃ絵うまいやん」「ほんまや」とミカたちが寄ってきて、わたしも描いてや、ずるいわたしも、とすぐさま取り囲まれた。

待って待って、となだめている最中に、すこし離れたところにいるしずくに気づいた。しずくは、ひとりだった。こっちを見ていた。ちょっとごめん、と輪の中から抜け出そうとすると、しずくが右手を挙げた。

あのサインを一緒に考えたあと、わたしは図書館で、東大寺の大仏のことを調べた。仏像のあの独特な手の形は、「手印《しゅいん》」といって、それぞれに名がある。東大寺の大仏の、手のひらを空に向けた左手は「与願印《よがんいん》」といい、願いを叶えてあげる、という意味だと本に書いてあった。右手は、「施無畏印《せむいいん》」。しずくが言ったとおり、なにも恐れることはない、と人々を励ましているのだそうだ。

こわがらなくていいよ、だいじょうぶだからね。

1995年9月

ああ、そうなんだ、と口の中で呟く。これはお別れの時にするサインだったのだ。だから今日までは、使う機会がなかった。

わたしも、しずくに右の手のひらを向ける。涙は出なかった。また会えると思っていたから、泣く必要はなかった。

「おい、写真撮ろうや」

そんな声があちこちで聞こえる。高峰を含む男子たちの集団が笑いさざめきながらわたしの視界を横切っていき、しずくの姿が見えなくなる。彼らが通り過ぎた時には、しずくはもう、そこにはいなかった。

2025年10月

夕方から雨がぱらつくだろうと、朝起きてすぐにつけたラジオが教えてくれた。わたしは用意していた鞄に折り畳み傘を入れる。

トースターに食パンをセットし、フライパンに卵を割り入れ、粉末のスープにお湯を注いで掻きまぜ、もういっぽうの手に持ったスマートフォンでニュースを確認しながら、いったいわたしはなぜこんなに慌ただしくしているのだろう、とふいに我に返る。午後から予定が入っているとはいえ、無職の身だ。なにも急ぐことはない。スマートフォンを置き、卵が焼けるのを見守った。

田村先生の個展の案内が届いたのは、三か月前のことだった。『ジュエリータカミネ』に郵送されたものが『株式会社高峰』に転送され、高峰がわたしに送ってくれた。

高峰は行かへんの、と訊いたら、行けたら行くわ、とのことだった。同級生だった子たちにもいちおう連絡したが、同じような返事だった。みんな子どもの世話とか、仕事とか、家族のケアとかそういった諸々のことで忙しくしている。暇なのはわたしだけだ。このあいだ、暇なおかげでこんなこともできてしまうなあと思いながら、無意味に台所で踊ってみたら冷蔵庫に腕をぶつけてしまい、いまだどす黒いアザが消えない。

化粧をするのも、ボタンやファスナーのある服に袖を通すのもものすごくひさしぶりな気がした。一応求職活動はしているのだが、面接を受けてからすでに二週間も経っている。連絡がない、ということはやはりだめだったのだろう。

すこし迷ってから、ラピスラズリのしずくのネックレスをつけた。身につけるのは、高峰ビルの退去の日以来だ。

田村先生の個展の開催場所は、高峰ビルのあった場所からそう離れてはいなかった。会場はビルの三十一階だという。森くんにも連絡して、その時は「行けたら行く」という返答だったが、もし来られたとしても、その高さでは会場にたどりつけないのではないだろうか。

逡巡していると、背後からいきなり肩を叩かれた。高峰が「おう」とわたしを見下ろす。すこし遅れて森くんもやってきた。

「来たんや。行く気なさそうやったのに」

「行けたら行く言うたやろ」

「それは行かへんっていう意味やろ、多くの場合」

「おれの場合はほんまに行けるかどうかわからへんけど、都合がついたらちゃんと行くからなっていう意味や」

言い合っていると、森くんがまあまあと割って入ってきた。

2025年10月

「高峰くん、最初は行かへん言うてたんやで。でもぼくが行くって返事して、永瀬さんも行くって言うし、せやから行く気になったんやな？　そうやな？」

後半は高峰のほうを見ながら言っていた。

「ああ、なるほどね」

「ちがうわアホか」

「高峰くんはさびしがり屋さんやからなあ」

「なー。めんどくさいよな」

「黙れお前ら」

エレベーターの扉が開く。あ、と森くんを見やると、やはり引きつった顔をしている。さっさと乗り込んだ高峰が振り返って「侑」と森くんの名を呼んだ。

「手握っといたろか？」

「は？」

「お前、苦手なんやろ。エレベーター」

森くんがわたしを振り返り、「言うたん？」と口だけ動かして訊ねた。わたしは「言うてない」という思いを込めて、首を激しく横に振った。

「見とったらわかるわ、それぐらい」

エレベーターの中で、高峰が顎を上げて言った。森くんがエレベーターに乗り込んだので、わたしもあとに続いた。

「ほら」

高峰が差し出した手を森くんが握った。次の瞬間、ふたり同時に笑い出した。

「なんでおっさんふたりで手繋《つな》がなあかんの」

高峰がぼやくように言う。

「いや、高峰くんが言い出したことやんか」

そう言いながら、ふたりともお互いの手を離そうとはしないのだった。上昇していくエレベーターの中で、高峰と森くんはずっと笑い続けていた。

「こんなもん、ただの箱や」

三十一階につく直前、高峰がぽつりと呟いた。森くんが笑いすぎて滲んだ涙を指先で払いながら、ほんまやな、と答えた。

「ぼく、これからエレベーター乗るたびに今日のこと思い出すと思うわ」

森くんはたぶん、もうだいじょうぶなんじゃないかと思った。きっとだいじょうぶだと、そう思いたかった。

おれ芸術の素養ないねんなとか、永瀬さんに解説してもらおうな、とか勝手なことを言いながらついてくるふたりを無視して、わたしは好きに絵を見てまわった。女性を描いた油絵が多かった。モデルのほとんどは初美さんだ。台所の椅子に腰掛けて、桃の皮をつまんではがしていたり、畳にぺたんと座って新聞を広げていたり、そういう日常の一コマを切り取ったような絵が多かった。縁日のスーパーボールすくいに興じている絵もある。

2025年10月

身長のまちまちな四人の人物がこちらに背を向けて立っている。背景は青く、海の底にいるようにも、ただ広い空を見上げているようにも見えた。

遠景であるゆえに、性別の区別まではつかない。でもおそらく、田村先生一家の絵なのではないだろうか。

「これ、ぼくが描いた『こころ』の読書感想画に似てない?」

森くんが真顔で言うので、同じく真顔で「似てないよ」と返した。

「むしろ、おれらっぽくない?　おれら四人」

高峰の言う「おれら」とはまさか、自分と森くんとわたしとしずくのことを指しているのだろうか。力を込めて「ないよ」とそれも否定した。

森くんも「なに言うてんの?」と言いたげに目をすがめている。高峰は顎を上げて絵を見つめ「たしかに」と呟いた。

「どっちやねん」

「なんなん」

「いや、言われてみれば、たしかに。なんでそんなふうに思ったんやろ」

「高峰くんは適当やなあ」

「思いつきで喋ってるやろ」

言い合っていると、田村先生が近づいてきた。じつをいうとさっきからそこにいるのはわかっていたのだが、人に囲まれていたので話しかけるタイミングがわからなかったのだ。

田村先生は来てくれてうれしい、などのお礼を簡潔に述べ、「もうすぐ木下さんが来ますよ」と言った。

「そうなんですか？」

このあいだ連絡した時は、なにも言っていなかったのに。

「この建物がわからずに迷子になったようで、さっき電話がかかってきました」

あ、ほら噂をすれば、と笑う田村先生の視線をたどって振り返ると、たしかに、しずくがいた。では、一緒にやってきたその隣にいる女の人がしずくの恋人なのだろうと思った時、彼女がわたしたちのほうを見た。

「はじめまして。奥田さおりです」

しずくの恋人は、しずくに「朗らかさ」と「茶目っ気」を足したような雰囲気の人だった。田村先生と話している彼女の隣で、しずくはすこし眠そうに目を伏せている。道に迷って疲れてしまったのかもしれない。

「隣が喫茶スペースになっていて、今日は貸し切りになっているからお茶でも飲んでいってください。セルフですけどね」

喫茶スペースには大きな窓が設置されていて、そこから高峰ビルがあった場所を眺めた。今は取り壊されて、更地になっている。乳歯が抜けたあとみたいだな、と思いながら紙コップのコーヒーを飲んでいると、隣に誰かが立った。さおりさんだった。

「どうも」「ああどうも」とややぎこちなく挨拶を交わす。しずくがこちらを見ているが、

2025年10月

両脇を高峰や森くんにかためられて、身動きがとれないらしい。

「どうですか、島での生活は」

なにもかもはじめての土地で、しずくはうまくやれているのだろうか。

「先週、やっと作業場が完成しました」

さおりさんの作業場の隣に新たにしずくのための小屋を建てたのだと、うれしそうに話してくれる。いずれはさおりさんの陶器のパーツとしずくの加工した地金を組み合わせて、共同で作品をつくれたらいいと思っている、とのことだった。

かつて志保さんから預かった陶器のボタンは、わたしが想像した以上にしずくを惹きつけ、刺激を与えたようだった。めったに旅行などしないしずくがあの後すぐに星母島に向かったとあとになって知り、とても驚いたことを覚えている。

親しくなろうと積極的に動いたのはさおりさんのほうだったという。どうしてですか、と訊いたら、「どうしてって、すごく好みのタイプだったからですけど？」とこともなげに笑う彼女は実直で、可憐な人だった。

「ねえ、永瀬さん」

さおりさんが髪を耳にかけて、微笑んだ。

「新しい作業場で、彼女が最初にしたこと、なんだったと思います？」

「え、なんでしょう」

わざわざクイズにするくらいだからよほど意外性のあることなのだろうと考え込んでい

ると、さおりさんが笑いながら言った。

「絵を飾ったんです、壁に。『しずくちゃん』のね」

ああ、とわたしは言った。ああ。そんな間の抜けた声しか出せない自分が情けなかった。

「言っときますけど、嫉妬してるわけじゃないですよ」

そんな言いかたをするということは、それを描いたのが誰なのかをすでに聞いて知っているのだろう。

「しずくさんにこれまでの人生があったからこそ出会えたんだし、未来があるって思ってますから」

「そうですね」

かりに、しずくがわたしたちと過ごした時間がなかったとしても、しずくは彼女に出会い、恋をしたはずだ。そんなふうに思えるほどにお似合いですよと言ったら、さおりさんは照れたように笑った。

「ねえ、永瀬さん」

質問いいですか、とさおりさんが微笑む。

「永瀬さんにとって、しずくさんって、どういう存在ですか」

そうですね、とわたしはしばらく考え込んだ。職人として際立って腕がいいとかセンスがあるとか、そういうわけではなかった。要領が悪く、なにか食べればすぐにこぼし、助けを求めるのは下手で感情を抑え込む。そのくせ、わたしのことになるとすぐに怒るし、

2025年10月

時には暴力的な手段に出る。それでも。

「なんでしょうね。ときどき、まぶしいんです。しずくのことが。まぶしい存在でした」

そうですか、と頷くさおりさんは、やわらかい微笑みを浮かべたままだった。

「その気持ち、伝えたことありますか？」

わたしは首を横に振る。

「たぶん、ないですね」

でしょうね、とさおりさんはわたしから視線を外した。

「あのね、ずっと思ってたんです。しずくさんにはじめて会った時から。こんなにかわいくて素敵なのに、この人はどうしていつもなんとなく不安そうなんだろうって」

「あ、はい」

さおりさんの話がどう展開していくのか予想がつかず、慎重に頷いた。

「見ていて、歯痒かったです。だから、あなたはそのままでじゅうぶん素敵だって、本人に伝えたんです。そうしたらしずくさん、すごくびっくりしたみたいで。そんなことはじめて言われたって。だからね、わたし、何度も何度もそれを伝えるんです。今でも」

ああ、と声が漏れそうになる。

ずっと、しずくが心配だった。わたしだけじゃない。高峰も駒さんもてい子さんもそうだ。接する機会の少なかった森くんでさえも。みんなしずくのことを案じ、幸せになってほしくて、さまざまな「もっと」を投げかけた。

もっと愛想よくしたほうがいい。

もっと社会性を身につけたほうがいい。

もっと自分を大切にしてほしい。

わたしたちはずっと、「心配する」という名目で絶えず「あなたは今のままではだめだ」というメッセージをしずくに発し続けていたのではないか。伝えるべきことは、それではなかったのに。

「さおりさん、ちょっといいですか」

森くんが離れたところから彼女を呼んだ。さおりさんは「すみません、失礼しますね」と言って離れていった。入れちがいに、水が入っているらしい透明のカップを持った高峰がやってきた。さおりさんの前で泣かずに済んで、よかったと思う。

「朝の薬、飲むの忘れとった」

高峰はポケットからカプセルと錠剤のシートの束を取り出す。おぼつかぬ手つきだったので「貸して」とシートを取り上げる。手のひらに薬を出してやると、高峰は「ありがとう」と、いかにもまずそうに薬を飲んだ。

「ああ、やっぱり永瀬やな。頼りになるわ」

感に堪えぬように言ったのちに、高峰は突然「備品」と続けた。

「備品?」

「『ジュエリータカミネ』で使っとったサンプルとか撮影機材とかあるやん。あれ。けっ

2025年10月

こう倉庫の場所とってるせいか、小野田さんらに、はよなんとかせえって言われてんねん」

なにを今更、と鼻白む。そんなの、わかっていたことではないか。

「今なら、安う譲ったるで、永瀬」

「は？　なんでわたしに？」

笑おうとして、うまくいかなかった。高峰がプラスチックのカップを握りつぶした。わたしがいつまでも黙っているのに業を煮やしたのか、「ああ、もう」とじれったそうに頭を掻いた。

「独立して、リフォームジュエリーやる気はないの？」

すぐには答えられなかった。無理に決まってるやん、と言えば、この話はここで終わる。ほんとうはわたしだって、ずっと考えていた。求職活動にあまり身が入らないぐらいに、ずっと。

でも、どうしても自信が持てなかった。『ジュエリータカミネ』の看板なしで、自分ひとりでやっていくなんて。職人探しからはじめなければならないし、資金の問題だってある。

「そら、うちと同じ規模とコンセプトでは到底無理やろうけど」

もうすこし安いとこ借りるとかさ、とやけに具体的に提案してくる高峰は、ずいぶん前からその可能性を考えてくれていたらしい。

「もし、永瀬から相談されたらなんぼでも協力するつもりやったで。待ってんのに、お前はなんも言わんし、会社に残れって言うたら嫌やって言ってあっさり辞めるし」

ああ腹立つ、こっちから言うてもうた、おれの負けやんけ、とぼやく高峰の耳が赤く染まっていた。

「負けってなに。意味がわからへんわ」

「うるさい」

お互い、しばらくむっつりと黙ったまま、高峰ビル跡地を見つめていた。

「でも、やっぱり、資金の問題もあるし」

「融資の申込先ぐらいなんぼでも紹介したるわ。おれを誰やと思ってんねん」

またしばらく考えて、出てきた言葉は「わたしにできるかなあ」という気弱なもので、高峰はそれを聞くなり小馬鹿にしたように「はっ」と笑った。

「できるかどうか知らんけど、やりたいんやったらやれよ」

永瀬、と高峰がわたしの名を呼ぶ。なぜだか、声が震えていた。

「なに」

「おれ永瀬のことなめてるとか、そんな気持ち、ぜんぜんなかった」

なんのことを言われているのか、しばらく理解できなかった。それが入院中の高峰に自分がぶつけた言葉だと気づいた時、あっと声が漏れそうになった。傷つくのはずるい、と思った。あの時と同じ表情を、高峰は浮かべている。

2025年10月

「信じとった。頼りにもしとった。甘えと言われたら、ほんまにそうや。でも、なめてたわけではないから、ぜったいに」

すぐには返事ができなかった。呼吸を整えて、ようやく口を開いた。

「ええんやで、べつに。こっちもなめてるっちゃ、なめてるし」

「なめとるんかい」

高峰がわずかに上体をのけぞらせた。

「でも、けっこうおもろかった。高峰は人生におもしろさ求めてないかもしれんけど」

嫌なこともたくさんあったけど、まちがってはいなかった。そうかあ、と高峰が気の抜けたような声を発する。いつもこんなふうに力を抜いていればいいのに。

「ついでに教えてやるわ」

「なに」

「高峰は、かっこつけてない時のほうが『味わい深い』で。そういうところを好いてくれる人はちゃんとおるから、余生とかって年寄りぶるのはやめたほうがええと思うねん」

好いてくれる人ねえ、と高峰が呟く。

「いやもう、そういうのはええねん」

またそうやって、と言いかけたわたしを見ずに、資格ないし、と続けた。

「資格？」

「幸せにでけへんかったから」

「須磨子さんのこと？」

高峰は答えない。

「いや須磨子さんは、男に幸せに『してもらう』ようなしょうもない女の人ではないと思うけど」

わたしはあの人好きやで、と言い添える。高峰が驚いたようにわたしを見る。

「へえ」

「へえ、ってなに」

「べつに」

ふん、と鼻を鳴らす高峰から離れた。しずくがこちらに歩いてくるのが見えたからだ。わたしも、しずくに歩み寄っていく。急ぐつもりはないのに、どうしても勝手に早足になる。

しずくは中指をすこし曲げた右の手のひらを向けた。こわがらなくていいよ。だいじょうぶだからね、のサイン。

「覚えてたんやな、このサイン」

しずくは呆れたように「忘れるわけない」と息を吐いた。

「どう？　どんな感じ？　最近は」

「うん。楽しい」

そうか、と頷いた。ならば、なにも言うことはない。わたしたちはすこし黙って、絵や

2025年10月

周囲の人々に落ちつかない視線を走らせた。

「永瀬さん」

「なに?」

「あの時、ありがとうのサインは、考えなかったね。ごめんならあるのに」

言われてみたら、たしかにそうだ。まあ、あんま使う機会もなさそうやしな、と言うと、しずくはなおも「あるよ。ある」と食い下がる。

「いや、いつよ」

「今」

泣きそうな顔で、しずくが答えた。「今、永瀬さんに対して使う」と。

あの時も、あの時も、しずくはわたしに「だいじょうぶだからね」と伝えてくれた。それなのにわたしは一度も、しずくにそう言ってあげなかった。

そんなわたしに、しずくは「ありがとう」と伝えたいと言う。ちがうよ、と思う。それはちがう。ありがとうと言わなければならないのは、わたしのほう。そう言おうとした。でも、声にならなかった。それでもなんとか口を開こうとして、でも、出てきたのは「あのさあ、子どもがこわいって、前に言うてたやんか」という唐突な言葉だった。しずくの瞳がわずかに揺らいだ。

「わたしな、あれからずっと言おうと思ってたんや。親から受け継ぐものは自分で選べるんちゃうかなって。わたしも選んだし、しずくだって選べる、っていうか、すでに選んでると思う」

「すでに選んでる」

しずくがわたしの言葉を復唱する。まっさらなページを開いたような声だった。

頷き合ってから、「そのうち遊びに行くから」と告げる。しずくは生真面目な表情で「島を案内する」と答えた。

これで終わりなわけではない。二度と会えなくなるわけじゃない。わたしはしずくから離れて、また絵を眺めはじめた。

永遠は見つかりましたか？

いつか田村先生に伝えよう。わたしはずっと永遠の中にいたと。

変化しながらゆるやかに繰り返し、続いていくことを「永遠」と呼ぶのだから。終わることも、変わっていくことも、離れることも、なにひとつ悲しいことではない。

隣に誰かが立ったので、顔をそちらに向ける。女の子が、絵ではなくわたしを見ていた。

「おひさしぶりです」

誰だろう。見覚えがない。わたしよりも背が高く、年頃は十代なかば、というところか。女の子は戸惑っているわたしに一歩歩み寄り、「杏梨です」とはっきりした口調で言った。

「え」

驚いて、周囲を見回す。すこし離れたところに須磨子さんの姿を発見する。隣にはちょっと気まずそうな高峰が立っていた。須磨子さんがわたしに向かって小さく頭を下げ

2025年10月

るので、わたしも会釈をした。

「なんでここに？」

十年ぶりに会った杏梨ちゃんの容姿は、驚くほど高峰に似ていた。角度によっては須磨子さんにも似ている。

「父が連絡をくれたんです。わたしが絵を描くことを知ってて、見に行ったらどうかって。それで、母に連れてきてもらいました」

「あ、そうなの」

「今は模写を頑張ってます。模倣することでしかオリジナリティは生まれないので」

「へえ……なるほど。うん、たしかにね」

「これ、あなたが言った言葉ですけど」

最後に会ったのは、この子が五歳の時だ。いっさい記憶にないのだが、なぜ幼児を相手にそんな難しい言葉を使ったのだろう。もしかして、気取っていたのだろうか。

杏梨ちゃんはわたしが言ったというその言葉を、意味がわからないままずっと覚えていて、最近になってようやく理解したという。

「すごいね」

「父に似ずに、かしこいんです、わたし」

自分で言っておきながら「へへへ」とすこし照れたように笑う杏梨ちゃんの笑顔は、高峰にも須磨子さんにも似ていなかった。

ネックレスを外して、しばらく見つめる。ずいぶん長いこと、持っていた。もうそろそろ、誰かに渡さなければならない。

「これ、もらってくれへん？」

杏梨ちゃんは怪訝な表情で、わたしが差し出したネックレスを受け取った。

「どうして、わたしに？」

どうして、と訊かれても、説明できない。なんとなくとしか言いようがなかった。

「友だちにもらったんや、お守りやって。お守りなしでもだいじょうぶって思えたらまた誰かにあげてって言われとった。だからあなたに受け取ってほしい。あなたが必要なくなったら、また誰かにあげて。デザインが気に入らんのやったら、リフォームしてあげる」

杏梨ちゃんは怪訝な顔のまま、ネックレスの留め金を外して、身につける。心なしかわたしの胸にあった時よりも青が深く、美しく思えた。

両親のどちらにも似ていて、どちらにも似ていないこの子もまた、親から継ぐものと継がないものを自分で選び取っていくのだろう。

「さて」

いつまでも、ここにのんびり立っているわけにはいかなかった。考えなければならないこと、やらなければならないことが、山ほどある。

「わたし、そろそろ帰るわ」

2025年10月

しずくたちに声をかけ、エレベーターに向かって歩いていると、森くんが追いかけてきた。

「永瀬さん、雨降りそうやし、送っていくわ。ぼく、今日車で来てるから」

「いや、だいじょうぶ。歩きたい」

「でも」

森くんが心配そうに、窓の外とわたしを見比べる。

「ええ気分やから、ひとりで歩きたいねん」

「永瀬さん、ええ気分の時はひとりで歩きたくなるの？」

ふしぎそうな森くんに「そうやで」と笑いかけて、エレベーターのボタンを押した。

大切な人とふたりで歩くのが幸せな人も、たくさんの人に囲まれることに喜びを感じる人もいるだろう。でもわたしはひとりで歩くほうがいい。誰かとすれちがったら、笑顔で手を振る。そして、どうかご無事で、と祈る。

地上に降り立つと、天気予報のとおりにまばらな雨がアスファルトを濡らしていた。深く息を吸う。肺を雨の香りで満たしてから、ゆっくりと吐き出した。

晴れてよかった。人々は人生の折々でそう口にする。でも、わたしは雨の日が好きだ。雨の雫は空から地へと降り注ぎ、やがてあつまり、川となり、海に流れつき、また空に帰る。なにかが終わって、なにかがまたはじまる。傘を開いて、一歩踏み出した。

今日が、雨でよかった。

＊この物語はフィクションであり、登場する人物、団体名、事象等は実在するものとは一切関係ありません。

＊本書は書き下ろしです。

寺地はるな（てらち・はるな）
1977年佐賀県生まれ、大阪府在住。2014年『ビオレタ』でポプラ社小説新人賞を受賞しデビュー。21年『水を縫う』で第9回河合隼雄物語賞受賞、23年『川のほとりに立つ者は』で第20回本屋大賞9位入賞、24年『ほたるいしマジカルランド』で第12回大阪ほんま本大賞受賞。『こまどりたちが歌うなら』『いつか月夜』など著書多数。

装画・本文挿絵　三上 唯
装幀・本文組版　岡本歌織（next door design）
校正　鈴木由香
DTP　NOAH
取材協力　クィーンズジュエリー
土本政憲

雫

2024年11月5日　第1刷発行

著　者　寺地はるな

発行者　江口貴之
発行所　NHK出版
〒150-0042　東京都渋谷区宇田川町10-3
電話　0570-009-321（問い合わせ）
0570-000-321（注文）
ホームページ　https://www.nhk-book.co.jp
印刷・製本　共同印刷

Printed in Japan　ISBN978-4-14-005748-3　C0093